U0902227

情深枝叶

江西

枝叶园

诗人笔会作品集

叶延滨　峭　岩　著

中国文联出版社

图书在版编目（ＣＩＰ）数据

枝叶情深：江西“枝叶园”诗人笔会诗选 / 叶延滨，峭岩著 . -- 北京：中国文联出版社，2021.11
ISBN 978-7-5190-4717-7

Ⅰ . ①枝… Ⅱ . ①叶… ②峭… Ⅲ . ①诗集－中国－当代 Ⅳ . ① I227

中国版本图书馆 CIP 数据核字 (2021) 第 229186 号

著　　者　叶延滨 峭 岩
责任编辑　胡笋
责任校对　胡世勋
装帧设计　贾闪闪

出版发行　中国文联出版社有限公司
社　　址　北京市朝阳区农展馆南里 10 号　　邮编　100125
电　　话　010-85923025（发行部）　　010-85923091（总编室）
经　　销　全国新华书店等
印　　刷　北京市庆全新光印刷有限公司

开　　本　889 毫米 x 1194 毫米　1/32
印　　张　9.5
字　　数　150 千字
版　　次　2021 年 11 月第 1 版第 1 次印刷
定　　价　68.00 元

江西“枝叶园”诗人笔会活动剪影

图一：与会者在石碑前合影。

图二：《中国诗界》诗刊总编峭岩主持笔会开幕式。

图三：《中国诗界》诗刊主编吴传玖致词。

图四：江西省余干县县委书记胡伟到会讲话。

图一：开幕式会场。从右至左：著名诗人晓雪 、萨仁图娅、石厉、曾凡华 、李自国、王久辛。

图二：中国作家协会诗歌委员会主任、原《诗刊》主编叶延滨在开幕式上讲话 。

图三：原江西省副省长熊盛文在开幕式上讲话。

图四：将军诗人李文朝在开幕式上。

图五：著名诗人绿岛、康桥聆听大会发言。

图一：诗人们在乌泥镇大樟树下合影。

图二：峭岩（中）、当地青年诗人（左）、黄殿琴（右）在碑亭前合影。

图四：诗人们现场创作书法，颂赞枝叶园。

图五：将军诗人程宝山中将，现场书写“枝叶情深”。

图三：老诗人郑伯权和青年诗人、全国诗词大会冠军彭敏交谈。

图一：全体与会诗人在枝叶园牌楼前合影。

图二：著名诗人黄殿琴（左）、峭岩（中）吴传玫（右）在笔潭书屋内合影。

图三：峭岩、郑伯权(中)、胡伟书记合影。

图四：将军诗人吴传玖和空军诗人赵琼在一起交谈。

图五：（从左至右）乌泥镇书记陈细宁和峭岩、吴传玖、当地青年诗人合影。

庆祝中国共产党成立100周年 江西“枝叶园”诗人笔会隆重举行

五月的赣鄱大地，百花争艳，诗意盎然。在庆祝中国共产党成立100周年前夕，一场别开生面的诗会于5月7日至10日，在江西省廉政教育基地“枝叶园”隆重举行。来自全国和当地的辞赋家、诗人40余人云集一起，寻找初心，牢记使命，筑牢我党为人民服务的理念。让诗歌紧跟新时代，为时代唱响最强音。原文化部部长、“人民艺术家”荣誉称号获得者王蒙先生特地发来贺信，叮嘱诗人们："讴歌我党执政为民理念，弘扬中国共产党人的奋斗精神和永远保持对人民的赤子之心，让为人民服务的思想继续广泛发扬和传承，为繁荣发展社会主义文化做出新的、更大的贡献！"

诗会由中国作家协会诗歌委员会支持、大型诗刊《中国诗界》主办。由《中国诗界》总编峭岩主持。

中国作家协会诗歌委员会主任叶延滨作了主旨发言。他呼吁诗人们以"枝叶园"为范例，以诗歌作火把，照亮人心和道路！《中国诗界》主编吴传玖号召大家深入生活，写出具有泥土气息的诗歌。老诗人郑伯权以自己多年的写作经验，叮嘱诗人们，俯下身子，回归中华诗词传统之根，发现和拓展现代诗词之美，让现代诗词融入新时代的洪流之中。

上饶市人大常委会副主任、中共余干县委书记胡伟亲临会议，介绍了赣鄱大地的古老历史以及红色文化，激情地颂扬了中国共产党引领社会主义道路、建设新农村、脱贫攻坚所取得的辉煌成就。余干县委常委、宣传部长程钧，常务副部长张探星，余干县文联主席史俊，乌泥镇党委书记陈细宁都陪同在诗人们左右，多方面提供了“枝叶园”的文化内涵。

笔会期间，诗人们详细地浏览了廉政教育基地“枝叶园”的一地一景，一溪一水，更加感到为人民服务的深远内涵。诗人们还踏响鄱阳湖万顷波涛，体察亘古之深邃；走进杨埠镇汤泉村，品赏新时代的新图景。老诗人晓雪、岳宣义在“枝叶园”步履沉稳，浏览之余诗兴大发，随机写下了动情的诗行。鲁迅文学奖获得者曹宇翔，诗人萨仁图娅、绿岛、康桥、黄殿琴、黎勇、胡迎建等，为“枝叶园”里的笔潭书屋捐赠了图书和书法，以不同形式表达了对文化的敬畏。

原江西省副省长熊盛文、原中国诗歌学会副会长曾凡华、《南昌晚报》总编朱昌勤，以及鲁迅文学奖获得者王久辛、郭晓晔，诗人李文朝、刘笑伟、石厉、屈金星、李自国、毕福堂、彭敏、赵琼、秦莉等参加诗会。

闻迅报道

贺　信

欣闻江西“枝叶园”诗人笔会在南昌举行，谨此表示热烈祝贺！

今年是中国共产党成立100周年，在江西革命老区举办的此次诗人笔会，荟萃诗坛人才，讴歌我党执政为民的理念，弘扬中国共产党人的奋斗精神和永远保持对人民的赤子之心，让为人民服务的思想继续广泛发扬和传承。衷心祝愿诗人朋友们生活愉快、身体健康，为繁荣发展社会主义文化做出新的、更大的贡献！

预祝诗人笔会取得圆满成功！

王蒙

2021年4月

目 录

上篇　现代诗

下篇 旧体诗

上篇

现代诗

叶延滨

余干行吟（二首）

与晓雪先生同游枝叶园

晓雪先生今年八十六岁了
健步朗笑依旧当年
当年是三十四年前的春天
在春天云南的晓雪
健步朗笑像个白族的阿哥
我们一道走进腾冲
和顺园里有个艾思奇书院——
艾思奇是最讲道理的人

我们读他的书懂得道理
向艾老师画像敬个礼
雕花格窗的一缕阳光
让我像窗外的绿叶
滚动着晶莹的露珠……

今天又和晓雪老师同行
好一座绿树成荫的枝叶园
健步朗笑依旧像当年
鄱阳湖畔的晓雪来自洱海
依旧是那健朗的白族阿哥
带我读“一枝一叶总关情”
风清气爽的枝叶园好人都来——
看园内大树根扎乌泥
枝叶向上欲飞入云天

关爱百姓啊自古有
清流引圣贤！
诗坛风景啊高洁处
峭岩伴晓雪……

与吴传玖将军同游余干知青园，忆知青岁月在军马场当搬运工

一百公斤的粮袋扛在右肩
——是整个人世间的分量
一条两个粮垛间的深涧啊
——是整个世界上的危险
（当知青要咬紧牙关，咬紧也打颤
我支撑着整个骨架，支撑着打颤
然后迈上打颤的跳板）

人生的天平开始摇晃
第一步是体力携扶着勇敢
第二步是勇敢携扶着体力
不知流出的是热汗还是冷汗

（第一步哄着自己，有人走过去了
第二步鼓励自己，走了一步了
不是好汉也要当一回好汉！）

昨天的太阳就这样扛肩上
今天的太阳才这么明亮
跳板是一道人生的国境线
喜马拉雅是你的高原，我的马场
（人生之旅漫长而遥远
只因跨过那粮垛间的跳板
太阳就在今天说，都是好汉！）

2021 年改定于北京

晓 雪

枝叶园抒怀（外三首）

它不是公园，
却比公园
更郁郁葱葱，
四季长青。

它不是花园，
却比花园
更芳香四溢，
醉心迷人。

它不是果园，
却比果园
更硕果累累，
引人入胜。

“一枝一叶总关情”。
它青翠繁茂的枝枝叶叶，
都在讲述着百年来
沃土阳光的哺育，
雨露春风的滋润。
它扎根于红色沃土，
沐浴着党的阳光雨露；
一位高官的感人故事，
体现了一个共产党员身上，
人民至上的光荣传统。

走进“枝叶园”，

走进江西省廉政教育基地，

我听到一位人民公仆的心声，

我闻到了高尚灵魂的香……

绿叶之歌

人们赞美花朵，
万紫千红芬芳鲜艳；
人们歌颂果实，
金黄硕大，又香又甜；
却很少有人注意到；
那一片片普通的叶子，
淡绿翠绿油绿墨绿，
显示着生命的本色，
大地的生机，
和春天的光彩；
而且正是它们，
源源不断地
给花果输送着营养的汁液……

没有不谢的花朵，

却有长青的树叶。

每一株花卉，

最早抽芽的是叶子；

每一棵果树，

最后凋落的是叶片；

哪一种树木，

不是翠叶满枝？

哪一片森林，

不是绿叶如海？

比所有的花朵更有活力，

比所有的果实更能持久，

比所有的花果更无穷尽，

却总是那么平平常常，

不求报酬只知奉献……

黄 河

你来自西部雪岭冰山？
你来自云外九重天上？

小挫折，数也数不完，
大弯子，九曲十八弯。

怒吼咆哮，飞流激荡，
汹涌奔腾，不可阻挡！

走不通了，你也会改道，
一个目标，奔向大海洋！

想起你，我热血沸腾，

看见你，我心潮万丈！

啊，黄河，你是中华民族的精魂，
奔腾不息，充满活力，伟大坚强！

长 城

看见长城就看见中国，
谈起中国就想到长城。

规划你的是中国第一个皇帝，
创造你的是古代伟大的人民。

你是悠久的历史文化的标志，
更是一种精神和力量的象征。

全世界和外星人都注视着你，
赞叹人类的骄傲、东方的文明。

为什么要鄙弃传统、忘记祖先的光荣？

长城能不断地给我们新的激励和振奋！

“用我们的血肉筑成我们新的长城”，
新中国又向更宏伟的目标奋勇攀登！

予 子

我想对你说
——献给中国共产党成立100周年

我想对你说，
岁月里有一支歌。
你用铁肩担道义，
沉沉黑夜中你点燃了真理之火。
你走过峥嵘岁月风雨路，
引领了中华民族百年之变革。

我想对你说，
百姓中有一支歌。

打天下你依靠劳苦大众，
坐天下你不忘黎民百姓。
你始终以人民为本治国理政，
用真理和智慧装点华夏山河。

我想对你说，
天地间有一支歌。
你用理想和信仰凝聚人民意志，
用红色文化铸造中华魂魄。
你用热血和牺牲挺起了民族脊梁，
没有共产党就没有新中国。

我想对你说，
新时代有一支歌。
你描绘了华夏子孙的强国梦想，

漫漫长征路继续新开拓。
在和平崛起的征程中,
复兴的巨轮始终需要你掌舵。

我想对你说,
想为党唱支歌。
我们永远热爱你,
凝聚在你的旗帜下,
团结,拼搏
我想对你说,
想为党唱支歌。
我们坚定跟着你,
凝聚在你的旗帜下,
奋进,高歌!

2016 年 8 月 8 日瞻仰党的一大会址后为信仰而作。
2021 年 5 月 10 日在江西老区参加“枝叶园”诗人笔会后修改定稿。

郑伯权

梦游井冈山

谁说我没到过井冈山？
七百里井冈在心间；
谁说我没踏过井冈山的路？
脚板上刮不尽井冈土；
谁说我没吃过井冈山的粮？
革命水土将我养……
千层布鞋刺红字，
井冈山路上学练步。
一轮明月进窗帘，
轻盈盈细步到床前。

明月来到井冈山，
井冈山山月美容颜；
玉洁冰清天下心，
井冈山山月总多情。
它知我思山心切切，
今夜下山将我接。
披一身明月踏两行霜，
揣一颗红心上井冈山。
朝山先上桐木岭，
十八盘公路上青云。
一步步走来一步步停，
一路上流不断革命情；
那一年佳节近重阳，
“战地黄花分外香”。
山路上留下马蹄印，

毛主席诗句万古新。
荷一根扁担去挑粮，
山路上走着朱军长。
老槲树招我树下坐，
教我唱当年红军歌。
唱一支山歌黄洋界，
雾海松涛迎面来。
谁说黄洋浪淘沙？
云雾散去满山花。
一路看花一路行，
五大哨口看风云。
当年烟消云散尽，
不见云雾见北京。
中南海窗前红灯影，
曾经山头伴月明。

山头含笑说古今，
东风送我到茨坪。
纪念碑前云散花，
五角星星亮万家。
一研清香对小窗，
翻开《毛选》读文章；
字行里现出慈父影，
小院传来脚步声；
起身去将主席迎，
槐花拂了我一身。
毛主席坐过的青石板，
我高站石板再看山；
井冈山白云临日近，
飞向四方降甘霖。
井冈山树海莽苍苍，

我愿做树苗生井冈。
当年红军树下扎营帐，
夜挡风景昼送凉。
如今大厦遍四方，
井冈山树木做栋梁。
井冈山树木常年青，
枝枝叶叶为革命。
看尽树海看飞泉，
声如巨雷奔如电。
革命山头长流水，
洇遍天下万顷田。
夜枕泉声对篝火，
茨坪正亮万盏灯。
仔细再将山石看，
井冈山石坚如钢。

我愿做山石铺路基，
浩浩荡荡通天际。
井冈山风物看不完，
明月频频催我还。
一声呜呜梦正温，
醒来已是东方红。

（写于2021年5月庆祝中国共产党成立100周年江西“枝叶园”诗人笔会）

吴传玖

百年礼赞（二首）
——写在中国共产党建党100周年

（一）

是因为您的主义
让我们仰望
是因为您的伟业
让我们仰望
100年只是历史的一瞬
却又是那样
风生水起　灿烂辉煌

我知道
您是为神圣的使命而生
您是为崇高的理想而来
您是要给这个世界
带来公平与正义
您是要拯救积贫积弱的国家
和她在水深火热中挣扎的人民

您没有食言
您把马克思 恩格斯 列宁的主义
您把您的纲领 思想与路线
都成就为了 100 年不懈奋斗
前赴后继的革命实践

您从嘉兴南湖的红船起航

经历过多少风浪

嘉兴 南昌 井冈山

古田 瑞金 遵义

延安 西柏坡

这些过去貌不惊人的地方

都因为您名扬中外

凸显辉煌

您拥护中山先生的主张

您倡导抗日民族统一战线

您反对内战

您坚持建立人民当家作主的新国家

您在百折千回

惊涛骇浪中

始终不迷失航向

是您的主义
您的纲领 思想与路线
把中国带上国家富强
人民幸福社会繁荣的
社会主义康庄大道

您说人民万岁
全心全意为人民服务
是您的宗旨
您说贫穷不是社会主义
走共同富裕的道路
是您的理想
您说
解放思想 实事求是 与时俱进
三个代表

是您的方向

您说

权为民所用利为民所谋

立党为公执政为民

坚持科学发展是您的使命

您说

努力实现中华民族伟大复兴的中国梦

是您坚持不懈奋斗的目标

是因为您的主义

让我们仰望

是因为您的伟业

让我们仰望

100 年只是历史的一瞬

却又是那样风生水起
灿烂辉煌

您没有食言
您把马克思 恩格斯 列宁的主义
您把您的纲领 思想与路线
都成就为了 100 年不懈奋斗
前赴后继的革命实践

您因苦难而辉煌
您因成功而辉煌

（二）

来到嘉兴
我们从中国共产党历史书的第一页读起
那是百年前并不平静的南湖上
一艘小船正待起航
她外表儒雅
骨子里却固若金汤
她在迷雾重重中
确定航向：
砸碎旧世界
建立新中国
从此中国共产党人从这里
开始书写长达百年的奋斗史
如今当年南湖上的那艘小船

成为了一艘彪炳千秋的红船

一座城市

一个湖

一条船

与一个党的命运

休戚与共紧密相连

历史注定红船不会躺在历史的辉煌中

停泊

她还会与时俱进攻坚克难

去战胜一个又一个激流险滩

为中华崛起为民族复兴

为人民幸福为世界和平

乘风破浪

一往无前

曾凡华

乌泥镇传奇（组诗）

题记：
乌泥镇乃江西鄱阳湖边余干县一个小镇，古为长沙王吴芮子孙之封地，斯文荟萃、人杰地灵；然水患频仍、穷苦经年，直至今天才扶贫脱困，百姓安居乐业；不忘初心，于村尾建一“枝叶园”，取郑板桥“一枝一叶总关情”之意，作为廉政教育基地，以荫后代……

念想

这披着嫩黄细叶

无任何造型

电线杆子一样

杵在瓦屋门前的水杉

是瓦屋先前女主人种下的
没什么诗意
也没什么值得炫耀的故事
水杉也只是无言地生长着
一个劲地往上蹿
默默的不偏不倚的
直达云天

当年
女主人不知出于什么考虑
选中了它
——光秃秃只剩几片叶子
模样干巴却还挺直
营养不足却还拙实
粗粝的外表下藏着一股子倨傲和正气

一股子勃勃向上的劲儿……
于是
她种下了它
谈不上细心呵护却也终日相守
不离不弃

有人说
她是把树当成人了
那个人
就是出门在外
先是读书后是从政再以后还是从政
一步一步地往上走
像水杉一样
长成了摩天的大纛
可树高千尺总忘不了根

他最后还是回来了

卸甲归来的他

发现水杉树干刻着自己的名字

便笑着问她

是你把我种在这里了

她笑答

——只是种个念想……

偶像

在江西余干的枝叶园
一个不为人知的角落
我发现一丛墨竹

黑黑的竹枝似要干枯了的样子
竹叶却黄里透绿
有一种向死而生的戾气

一位蹒跚的老者告诉我
乌泥镇的人视乌竹为神竹
竹根入药可破瘀散风清热解毒

那年 瓦屋里的伢仔还猪崽回来

急火攻心 高烧不退

是他一土碗乌竹汤将其灌醒

伢崽后来出息了 仍常以乌竹为念

根雕的包拯 总是悬于床前

从此 那张乌黑的脸

成了他的偶像……

情探

问世间情为何物
乌泥镇那位叫茉莉的姑娘说
情是十五的汤圆
知青创意园那位搞创意的总监说
情是当年的扁担
而语录墙角晒太阳的老人却笑而不答
望了一眼“八一电影制片厂”的标牌
起身走开……

之后
在扶贫建起的茉莉花房
吃上了茉莉在外打工的丈夫
亲手做的汤圆

在知青陈列馆看到创意总监
与扎了羊角小辫的妻子
双双坐在箩筐上的照片
才明白
那位走开的老人
当是看见我穿的那条军裤
勾起一段痛苦却又甜蜜的联想
——就是在这白色的屏幕下
乌泥镇那个当兵的小伙子
带走了他暗恋的对象……

苦樟

乌泥镇那两棵古樟
有很多传奇
说是来树下的读书人
只要坐对了某个根系
就会金榜题名做官上京……

当初 那位长着国字脸肤色黝黑的少年
常在树下苦读
夏日炎炎
成堆的蚊蝇却从不近他的身
冬风烈烈
他的头上也从不见一片落叶
后来 他真的进京做了大官

回乡时 有后辈学子欲探究竟
官人说
你们也来树下读书
只要用苦樟叶擦擦皮肤
虫蚁就不敢拢边
而落叶总是有的
只是要到春天
新芽长出 旧叶才会悄然落地……
至于树的灵性
就不得而知了
江山更替
代有才人
你们皆可好自为之……

党徽

采风团
在枝叶园的牌坊前集结
临时抓了一位过路的男子
为我们摄影

他草帽遮颜
赤脚上满是泥泞
好像刚从水田里上来
眉宇间汗珠点点

照完相他也不走
给我们当起了义务讲解
用的是纯正的乌泥口音

只是目光炯炯
别有一番气韵

说起“一枝一叶”
便自然提起了郑燮
提起“衙斋卧听”与“民间疾苦”
他说自己也是“些小吾曹”
却主张挽起裤腿走向底层
那些“枝枝叶叶”才能一一厘清

这时 诗友久辛耳语道
——瞧他眉眼双翘之面相
日后必能平步青云……

听罢 我无言以对
却一眼瞥见了他胸前佩戴的党徽……

峭　岩

俯拾枝叶园的灵光（组诗）

枝叶园拾萃

脚步踩踏的一尘一埃
归属一个律动
沉下心海又跃升一朵朵心浪
交织着，敲击谁的胸口

这里所有的枝枝叶叶
都有嘴巴和耳朵
它们都在悄悄传递和倾听

雨打竹枝的古韵
有一缕光芒来自远方
聚焦人间烟火又收敛福祉的神灵
那些叶子上的露珠
映照身后的流水沉默的山峦

我接过竹叶上的一滴露水
滚动在掌心，圆润过所有的日子
我们走进又走出
不会走出它的边缘

这片土地笼罩着一片红

怎么也走不出这样的氛围
有马蹄，火光和呐喊的交响
那敲击和飞翔的进击
穿越和洞穿所有的铁
抵达鄱阳湖的伟岸

我愿意启封这里的历史
像父辈的、土地的履历一样
那些生活的苦难追逐无边的黑暗
终于被一缕光芒浸染
天亮时，赣水美了家园

这里最理解红色绽放的伤痛

我抚摸山石和流水
采集五月的花叶和青草
我沉浸在往事里，上升与下沉
被一缕红托举着
赣江红透了，红里透着轻轻的暖

乌泥镇古樟之思

两棵古树，有一个共同的名字
共有一个家，乌泥镇
时光在这里老旧了
可它却擎天而立
虬枝的手臂伸向我的苍老
走近时，依然听到它的呼吸

我知道，樟树的生命里有一个生命
一行黄昏斜雨的脚印踩疼了村庄的心
一个早晨，樟树下翻开一本书
汉字的光芒里生出鹰的翅膀

我站在巨大的茂密下

低头和仰望，都是一种心境
不惊艳绿叶任性的散开
不比量树干粗过五人的搂抱
我俯身皴裂的、劲爆的树根
思索生命的底蕴

有风声吹过耳畔
根的深度决定地上的高度
樟树的魂已远走他乡
留下历史站在乌泥镇
山路上走来一个翩翩少年
他的模样高过村后的山脊
站进一块石头里
我知道这些征过腐恶的石头
这些染过血，浴过火的石头

它们站在草丛里，散落如星辰
它们探头望着我
时光逼近心动

我是战争的迟到者
却分享了硝烟的滋味
这片响彻马蹄、枪炮、号角的土地
绿野之上飞翔着带血的魂魄
让山河充满无限的庄严

如果我能站进石头里
弥补我的缺席，找回那段历史
时间会原谅我
我不是窃取光荣的弱者
我会奋起，捍卫这一片土地

听那竹雨，听那风声

五月雨，落在竹林里
有风狂摇在竹梢上
是郑板桥笔下的那一声疾呼吗

从这里，从那里
雨伞撑住雨丝，脚上沾满泥巴
一行行写在心火上

木屋，田垄，路上，桥头
长满滴水的眼睛
那目光盖过疾驰的雨林

江河，山峦，树木
不动声色的安宁
听那竹雨，听那风声

收藏一枝五月兰

传说，赣水那边红一角的时候
你便开了，五月兰
枝蔓上有狂飙扫过的雷电
根茎上有悲歌的火焰
花瓣上有红军的血迹

五月兰，开在崖壁上
是为迎接任何一个自由的脚步

我由爱着这片热土而爱你
又因你的花期而爱你
收藏你的惊艳和香魂
不为别的什么

是在今天的光荣之上安置一段历史

五月兰，开在崖壁上

你会说话，告诉我生与死的秘密

2021 年 5 月 15 日“枝叶园”诗会归来

石 厉

登滕王阁

江河泛滥，大水肆虐
被浩渺湖光几乎覆没的这片土地
以前叫豫章、洪都
后来称作南昌，像一位
被宽恕者，经历了弯曲的时间
成为望子成龙的老者
在历史狭窄的堤坝上端坐
它的自由，是一根被缠绕的绳子
一直牵在长江的手里
任其杀伐决断，或者别无他途

汉朝时，遭贬谪的
海昏侯，双目忧郁暗淡
遮住了明亮闪烁的翼、轸二宿
人生变作漫长的苦役
和沉默的赣江一起流去

到了唐初，帝子南下
在赣江东岸建造了滕王阁
它高耸如云，试图凝聚山川之气
向上天借一级立足与对话的台阶
但站在顶层的滕王仍然手足无措
他看着江渚的群花中
漫过的一群群花蝴蝶
不知因何而起，又因何而落
他的画笔追赶不上它们

艳丽的事物跑得最快
他身佩的美玉、鸣鸾不知去向
他曾经的想法再也不会有人详知
他的迷惑，几十年后与阁楼一起坍塌

被贪恋胜景的太守再建
多少文人雅士重温它高标的气势
二十七岁才华盖世的王勃缓缓登临
他胸中涌动的感慨突然迸发
写下震惊四座的诗序
天纵其才呃，才却怀揣利刃
两面三刀，需要钢筋铁骨才能承受
他最终被嫉妒的波涛所窒息
数百年后，大明的才子汤显祖
于此导演了轰轰烈烈的《牡丹亭》

杜丽娘和柳梦梅，人鬼相恋
因情还魂，四海皆惊
它语言的高度，穿过轻薄的生命
在一片片蓼子花的紫色仰视中
造就了南中国的高度

其实明太祖在鄱阳湖大战胜利后
在其上，大宴众多的将星
一时间，牛、斗失色
天河倾斜，阁楼已经难承之重
多少人，多少事
一而再，再而三地践踏
但它是风的轮廓，水的波涛
是最高的花，欲望的草尖
沙堆流动中固守的凌辱与棱角

水汽腐蚀了的木头，火又窜入
二十八次毁灭，二十八次又建
它成了大千世界的一个微缩版
是坛城的演练
比冰雕的后果更加严重
一次次，它被加高
从两层，终于
变成明三暗四的七层楼阁
距离星辰越来越近
但它难逃被现代高楼围猎的局面

被驯服，仿佛关在笼子里的古代宠物
即使是一只百兽之王的老虎
也显得无可奈何
显得狭窄、矮小

它只是传说中的高大和华丽

供游人在围栏的光辉中

阅读与瞻仰，赞叹和惋惜

刘笑伟

写在枝叶园的叶片上（组诗）

在乌泥，我看到了真金。

——题记

入 口

春天的折扇渐渐打开
春光降临。在江西
在上饶，在余干，在乌泥镇
你一直是春光最明媚的部分
繁茂的植物，为之证明
翠竹呈现了内心的一切

一定有潺潺流水，就在不远处
洗濯着人心中的尘
一定有耸入云天的大树，就在不远处
挺立起一个人的全部苦难和尊严
一定会有巨石，耸立在入口处
把岁月风霜刻为风轻云淡

一枝一叶，皆为情愫
一笔一画，都是人生

老屋

角落，才是真正的中心
隐藏在光阴的深处
却自带光芒。阴影挡不住它
乌云也遮不住。甚至狂风暴雨
老屋虽破，一砖一瓦
皆可触摸到坚韧的意志
一梁一柱，都是能敲出声音的骨头

俯下身来，倾听大地的声音
泥土中才有真正的黄金
老屋前，那直入云天的大树
一枝一叶，都深深震撼着春天

翠竹简史

诗句中，翠竹有平仄、有对仗
风烟在历史中老去
清酒一杯，对着淡淡竹叶
能读出低头的谦逊
也读出平淡的滋味

夜深之时，细雨敲窗
竹林的一枝一叶，总被捧在心上
披挂雨滴的叶子，熠熠闪光
折射出史册之外

只有把自己匍匐于大地之上
才会有身影，矗立于人心

时光，残忍而多情
初心就是一种胜利
翠竹耸立其间
是装饰，也是象征

每个人的内心中
都有一座花园
住进一个枝叶园
心胸顿时阔大了许多
也清爽了许多

屈金星

枝叶园：最小的园林，最大的胸襟

也许，这是世界上最小的园林
数亩竹林掩映着半亩方塘
悠悠古樟依约着淡淡的荷香
经世老宅的轩窗通透着天光

也许，这是世界上最小的园林
汗牛充栋的书斋氤氲着墨香
清正廉洁的古训永远高悬头顶
石刻的“民贵泰山”其实镌刻心上
它没有上林苑颐和园的荣华富贵

再大的皇家园林难掩奢欲流淌
它没有拙政园狮子林的巧夺天工
再精致的园林也难掩岁月沧桑

它只是鄱阳湖边一个农家院落
下接淼淼江湖，上通巍巍庙堂
它只是乌泥镇上三间简朴的老房
远追春秋耿骨，今启正气浩荡

枝叶关情，萧萧瘦竹把缕缕清风写满两袖
一座小亭却眺望着莲洁芬芳
根深叶茂，悠悠古樟把黝黝乌泥化为营养
一通石碑却镌刻着正道沧桑
也许，这是世界上最小的园林

二十多亩土地却心系神州八荒

也许，这是世界上最小的园林

三间陋室却心怀天下黎苍

注释

① 枝叶园：地处江西余干县乌泥镇，语出：“一枝一叶总关情”。园距离鄱阳湖不远，面积 20 余亩。

② 春秋耿骨：吴氏远祖上溯至春秋西汉，代有耿骨，传承至今。

郭晓晔

荷花与白鹤（外二首）

我热爱品行高洁的人
以至爱及一切高洁的事物
比如荷花。为了表达她高洁的品格
我以少女绣在信物上的
纯真作证。而千千万万追求
内心清洁的人
为观音菩萨指间的荷花作证

我热爱一切高洁的事物。比如白鹤
君子之风绣在一品文官的袍服上
如果被浊世污染，被官袍污染

如果哭泣不能洗刷

也要背负灵魂超度到澄明的境地

荷花的高洁向内，自污泥中婷婷出落

便修持冰清玉洁，纤尘不染

哪怕雷雨侵袭浊浪滔天

不惜抛撒出最后的清芬的花蕊

而白鹤的高洁在高远、寥廓

洁白的羽翎追逐花信，落到哪里

哪里便一片祥和，粼粼清波倒映着

高扬尊贵的长颈和美喙

我热爱品行高洁的人

爱及一切高洁的事物

所以我来到枝叶园的池塘边
怀想荷花。所以我来到鄱阳湖畔
想象千百只白鹤翔舞
如吉光流云
蓼子花为之欢呼，涌起紫色的花海

2021 年 5 月 16 日

古城琵琶

当在江豚湾听到万顷碧波金石潋滟的旋律
当在忠义庙听到水上大战银瓶迸裂的琶音

当来到枝叶园，醉心欢快的紫竹调
伴和着郑板桥一枝一叶，咬定青山的歌吟

当在乡愁书苑忽逢阳春白雪
当在河埠老街徜徉下里巴人

时而恍觉轻拢慢捻，两只白鹤翩翩起舞
倏忽犹闻强拨急扫，一行灰雁斜斜入云

我惊异这座古城弹遍了古今琵琶名曲

同一支名曲，今天已不是昨日的那支

我屏住呼吸贪婪地贪婪地聆听
当华灯初上，我追随市民涌向琵琶湖畔

摆开星空琴谱，抱起水做的琵琶
一双双手，争相拨弄满湖涟漪

小弦切切柔情蜜意，大弦嘈嘈朗声笑语
彩虹喷泉金蛇狂舞，交织着古韵新声

汇成一曲《春江花月夜》，盛大，和谐
每一个音符都流连忘返，忘了归期

2021年5月15日

滕王阁

亦步亦趋，都是蜂蝶开花的记忆
一观一瞻，都是鸿雁霞天的情怀
这里的分分秒秒都牵引着我的遐想
聚焦千秋万代的
遐想，像美丽的凤凰起舞

又像带着所有寓意，凤凰鸟
落到梧桐树上，双翅还在寻找平衡
一滴滴酒研的墨，血研的墨
绘入百鸟朝凤的鸣啭
看不尽的青山绿水沿江奔腾

而我也看到灾难的大火，千年起伏

凤凰鸟穿过一场又一场大火
美，在火焰中挣扎
我追寻的目光也被烧成灰烬
在绝望中尖叫

我看到所有的美
一次又一次被灾火吞没，被战火吞没
又一次次浴火重生
我看到穿越千年的凤凰鸟
带着呼呼的火焰起舞

2021年5月22日

王久辛

湖畔诗草（三首）

湖畔夜眺

月辉在江豚之跃的背脊
如思想的光芒从深沉的水底
蹿升而起，如惊鸿一瞥
在豚脊留下一绺儿思想的光芒
像灵感的闪电，“嗖”的一声
进入落水的白色散花
—— 光碎了吗？

思想迸射在鄱阳湖水面

粼粼复粼粼，慢慢平复

慢慢平静，束起蹿乱的湖面

思想并未中断，深埋心底的光

被又一尾，又三尾，五尾

同时蹿升的江豚带出

像真正的思想，刹那间腾飞

一片片油亮亮的背脊上

五绺儿月光齐齐的一闪

像神的翅膀

驾着银辉般的思想

如带电的诗

闪耀着油亮的思想的光芒

升腾闪耀在夜的

鄱阳湖的江豚之脊上……

呵呵，我看见了
看见了。思想的模样儿
以诗的犀利扑入我的眼瞳
竟如此的莹鲜活泼
又如此的出人意外
嗯，这就对了，对了
要么，我怎么会
痴迷于稀有的思想闪光
而直至今日仍迷魂招不得呢？

哦，在鄱阳湖夜眺
就是在眺望思想的光芒
一次次闪耀的模样……

“枝叶园”遇关公记

美髯，在我的脑际
被收藏了四十年以上
轻轻一捋，酷
酷，神下凡了吗

进心的是不二唯一
身在此中游而心在千年之外
发芽的声音挡住了
倒海翻江的巨澜之狂涛

一怔，属汉之心
在曹营之上如金灿灿的红太阳
护二嫂、寻大哥

就是巡天遥望而追索的天道

枝叶园，大石边
一丛翠竹拱出主人如我少年心
遂镌刻成千古名句
并逐字凿开……

“不谢东君意，丹青独立名”
谁让它落地生根如烽火蔓延
那美髯，一捋千秋
岂能有一丝更改

“莫嫌孤叶淡”，柳叶儿般的
竹眉秀目，永不凋零
是血肉俱足的葱翠碧绿之青史

是义薄云天的伟丈夫之雄胆

此时中的此刻，此刻中的此时
于我脑际珍藏了五十年以上的
美髯飘出，还有它的杏眼儿
如竹叶儿莹鲜之绿，送来一个爽

好啊，洒在我心上
让我一下子回到了童年
回到了那个进魂入魄的“义”
且必将贯穿我的今生……

墨池畔与朱熹陆羽茶叙

他俩生卒年月我亦不详
没关系，来过的不止他二人
走了的，也不止他二人
有我不是？虽然我不知道
还会有多少天下的名士要来

是的，来是必然去是必然
所以，今夜我只与他二人
喝茶抽烟聊天，打开天窗
看我乌龙香上席地而坐
拒绝孤独，有这池星斗作陪
且全是文明礼貌的嘉宾
安静，用心聆听

都痴痴地眨着亮晶晶的眼睛
我们风一样的细语
如游思缕缕入心，丝丝入脑
憋了多少个世纪的倾心相谈啊
绝对是千古一现的意境
晚风吹来的月亮
谦恭地挂在天边
我要谢谢它了，我知道
它是来见证奇迹的呢
——为有源头活水来啊

活水，活水托着月亮
任晚风在耳边细语
陆羽问我：香么
他的魂儿竟然嗅到了香

还问我呢！哈哈哈哈
这茶这茶，像崭新的诗句
活水之上的千古名篇
被熹兄朱先生活水煮开
于冲泡中，轻轻飘出
我嗯嗯着——好诗即使
从千古的史册中摘来
那也是冒着香气儿的诗眼呵
他二人颔首而笑
我说：比如《茶经》
比如我这一口尚好的乌龙
朱熹抢白道：比如“活水”……

我哈哈哈哈大笑起来
把一池的嘉宾和天边的月亮

逗笑了，笑得一个劲儿
晃动着身子，在池中
它们一个个站都站不稳了
陆羽说：一池的欢声笑语
还贼亮亮的呢，我应
是啊！他二人隐，我醒来

2021 年 6 月 2 日于北京

曹宇翔

枝叶园献诗（组诗）

枝叶园

满园翠色含着粒粒明亮鸟鸣
一棵棵树木弥散生命蓬勃之力
像一种无以名状的神奇力量
照亮一个坚韧少年志向
向世界，敲响远天星辰铙钹

园中那块洁白如玉的巨石
树影婆娑，恍惚还在风中萌动
心灵厚土生发的春天芽苞

石上“民贵泰山”霞彩红字
闪耀天地山河永恒的光辉

自强不息，忠诚，赤子之心
这些纸上词汇，在此似乎
变得伸手可触。在这幽静之园
洁净之园，不同经历的来者
仿佛都能听见自己的心跳

园中荷塘边，石雕十二生肖
像刚从劳动的大手中脱颖而出
一个诗人与雄鸡合影，从石头里
扑棱而出抖落石屑的生灵啊
昂首一唱，让他内心澄明辽阔

恍惚看见

牛栏改建的几间老屋依旧
当院几株高大水杉耸向辽远天空
你站在老屋前一阵出神
恍惚看见那个真实故事里的
一身泥水的母子刚刚回来

昨夜秋雨绵绵，筹不到
赊欠亲戚家的猪崽钱，母子
当夜把那只猪崽归还，世态炎凉
雨夜泥泞山路，你恍惚听见
路上一个孩子呜呜的哭声

刚强母亲，一个孩子命运

村西阅尽人间沧桑的古樟树
不会知道，昨夜牵着猪崽路经的
那个想读书的农家寒门之子
凄苦孩童，将为国之栋梁

在乌泥镇一阵出神，一抬头
恍惚看见你遥远的故乡你的母亲
天下母亲，圣洁大地和源泉
眼角什么在温热地滑落，是你
心灵几十年含着的一滴泪

琵琶湖之夜

湖畔每个人脸上都笑意盈盈
那白发长者，欢呼雀跃的孩子
音乐喷泉剧场，又一队霓裳碧水
从湖面跳起，向着星辰舞蹈

灯光扶起的湖水跳向初夏夜空
扭动绚丽腰肢，踮起脚尖
触摸星星的脸，让环湖楼里人们
看见，让含笑不语的祖先看见

随着音乐手势，俯仰，旋转
波浪起伏，每滴水都有丰富表情
这一切仿佛都源自人们的内心

这一切源自日新月异的生活

看啊，又一支水舞翩翩出场了
城中之湖，芡实和生态美食之乡
当站在东山岭眺望，你多像
怀抱辉映天地的万束鲜花

一个人在向音乐的间隙
舞姿细节里的更深处屏息凝视
祖国，他要刻记这大地之美
这生活之美，生命的欢欣

鄱阳湖滚动夕阳铁环

此刻鄱阳湖堆放一垛垛晚霞
风吹起湖面起伏的辽阔和空旷
歌声唱出的蓼子花毗连天边
一丛丛芦苇在风中你追我赶地跑动
江豚跃出黝黑弧线连缀夕光

由于风，一切都有了动感
夕阳像鄱阳湖的湖面滚动的铁环
三江口的抚河、信河、赣江
降雨时节，红黑白，三色交汇
水鸟扑棱棱像溅起的浪花

一片浩瀚之水盖住了大地

风吹波纹，翻动夹着霞光的书页
湖光映照的岸边还有人在劳动
多少河流穿过辽阔生活向这里流淌
一只白鹭飞进内心又飞出

我从远方来，托人生邂逅之福
融入这天地的抚慰，大自然慈爱
像有一个孩子踏着波浪在湖面
哗啪奔跑，推着铁环，一会儿又
隐身于风中，如我们的童年

2021年5月8—25日江西余干—北京远大路

萨仁图娅

枝叶园吟咏（组诗）

与枝叶园书

一把钥匙可以开启一个人的心灵
一处枝叶园却让许许多多的人心灵丰盈
枝叶关情亦牵情是风中絮语的记忆
枝叶摇曳长情告白装点家园成为风景

在天空大地之间顺着枝条叶脉
你我把一段封存的素朴往事追踪

一条小径的清幽是竹与柳所赠

一块“民贵泰山”石刻凝固质感的深情
阳光如此明亮光洁内心的诗句
思绪氤氲出经年过往的是岁月风铃
世间万般风景后所觅的独树一帜
我把所有的词语汇集起来使用

一村名乌泥古长沙王吴芮子孙封地
一园文化塘石窗墙生动表达清正
枝叶葱茏大地亦葱茏
致远在于坚守正道的正道直行
我心怀敬畏头顶是星空
顿生的情怀看到了永恒

古樟树为时光标记

清风过处飘远的清香缕缕
岁月流年之年轮被苍翠演绎
余干这千年的古樟树历久弥香
枝干虬曲苍劲树冠接天荫地
储存了太多太多的情与爱
古樟树为时光标记

托起一片片绿荫向苍穹天际
眷恋守望一方土地一片土地
余干古樟树一站就是千年
千年成就一棵树浓郁的古意诗意
最原始最本真的美亮丽四季
古樟树是儒家传统美学“比德”的印记

啸咤起清风大音声稀

慷慨成素霓经岁月洗礼

枝干虬曲苍劲着隽永时光

厚重古朴的韵味融入自然肌理

未话寻常草木知

古樟树迎风打开我的敬仰与敬意

同一棵古樟树站在一起

我生发幻化为一棵古樟树之意

风起雨落以一种颜色回应时光

用常青的叶子记录岁月痕迹

任鸟儿枝丫筑巢厮守绵绵无绝期

见证历史同为时光标记

清风将古樟树吹成竖琴

清风将古樟树吹成竖琴
弹拨素朴苍劲的乐音
像天籁像清泉像夏日微风
千年万年不变主旋本心

历经千余年风霜雨雪沧桑浮沉
树下读书人走过所有路脚力随处生根
牵出一段佳话随岁月之风潜入心田
扶摇苍穹的枝丫始终遒劲

古樟树恒久的坚守
昭示一种虬曲向上的精神
以淡定使自己从容不畏浮云

抒写着天长地久的意蕴

枝叶千年茂
根扎大地深
心愿用音符的和声抵达
不思所取惟愿送温馨

蓝天之下生命之上
坚韧苍劲高洁于一身
枝叶纷披合奏一曲清歌
生命哲理的音韵难以穷尽

千年古樟树

挺拔在天地间
永远的站立年复一年
生命是一树苍翠质朴厚重
在四季轮回中圆满

律动在人世间
日光下撑开一把巨伞
风来时成为一面植物墙
踏实在自己根上若泰安然

苍翠在心灵间
一树春风中一份爱一种超然
遇见是来自灵魂的撞击
沧桑枝干擎起一片澄澈的天

枝叶与根

枝叶与根
人与初心
枝叶多茂盛
根系就有多深

柳与竹
每一棵每一株
都是大地孕育的植物
何尝不是精神世界的元素

我在枝叶园聆听

走进枝叶园
翠竹与绿柳心语寄与风
风是一种留守在园中传诵
我在时光深处侧耳聆听

听乌泥当地的方言
语调不高却字字隽永
赤子之心大地之情的表述
声声出尘人间万事了然于胸

为政要廉　用人要当
作风要实　办事要公
话语铿锵平实掷地有声

一以贯之的人民情怀是其秉性

白首重来似故乡
更喜夜色多倩影
满眼生机令其狂
而我惊异于我的倾听

清正与光明执灯

令我心旌飘动
官道布衣一腔赤诚的肝胆
正道直行一生不改的初衷
镌刻于心的乡思乡情
非虚构的故事与情境

清正与光明执灯
穿透岁月风尘映照星空
先是亮彻乌泥余干一方热土
继而照亮山川河流与阔大时空
照进一处又一处的百姓心灵
我献上内心的真诚与崇敬

我的真诚饱满

我的崇敬由衷

家园需要守候建构

灵魂需要洗礼洁净

大地之子光的乐章

烛火摇曳大爱传承

鄱阳湖吟

一种走心的大美是蓝的鄱阳
绿的鄱阳湖之萧萧古渡
江豚这水中大熊猫栖息之所
万鸟翔集的天堂之湖

时间光流奔流而下
光线组成字母与音符
诠释流水当年与当初
远去了战舰战鼓历史云雾

英姿勃发妙计迭出的周郎
四方来朝纵横天下的明太祖
叱咤风云的江汉先贤陈友谅

千古风流人物都已作古

岁月之水漫过皇皇史书
长歌长叹我在湖边驻足
有什么比水更永恒
洁净如初的这鄱阳湖

江豚在日染金鳞中激浪
在三十六万顷湖面上起舞
成千上万只的鸟们平沙上
舞动风荡漾水在这和睦相处

水草把仲夏书写在浓浓的绿里
鸿雁千万里而来传书
我也会打马再来
相约一同固守这方净土

琵琶湖相思

琵琶化为湖
可饰梦可入诗可为画图
时光的琴弦上
有星光在漫步
敦煌飞天之姿古韵今风
落入玉盘大珠小珠

当春芳引我与康桥再游
水中的阿迪丽思曼舞
抖落凡尘止步拂柳轻风
品味琵琶帆影生动的乐谱
湖是照见观赏者心跳的镜子
心跳和呼吸化为相思融入湖

季节浓深笔墨氤氲

这是初勾勒的画图

当双桥飞虹倒入湖中

卸下行囊让心放逐

琵琶湖柔美情思抚平心绪

喧嚣远去大美凝固

题“民贵泰山”石

你有多谦卑
就有多高贵
一块“民贵泰山”石
触动心灵的为官之道定位
无言之信日月昭昭
乃是耸立民心中的丰碑

官者心系民生有为
正道直行严自律
双肩担道义的初衷
一心为民的殚精竭虑
品之洁者德之大者
俯首天地心无愧

对民众敬畏
对万事万物敬畏
远效古圣近恪守宗旨
枝叶关情一生鞠躬尽瘁
贵民者民恒敬之
地不言而自厚自威

康　桥

自省与启蒙（组诗）

在鄱阳湖畔　余干
枝叶园　我捧回
一本厚重的书《民贵泰山》
书的首页大写
寸草寸心恋故土
一枝一叶关民情
枝叶园　天地间的
自省与启蒙　走进它
就走进诗意盎然的春天

在枝叶园　我挥毫写下

见贤思齐

我心中 枝叶园是一位贤人
见到他 就想起叔齐和他的兄长
他们兄弟让国 叩马谏伐 他们耻食周粟 饿死首阳
从乌泥镇走出的官员
廉洁奉公 执政为民
德比贤人 义比伯夷

枝叶园是我最好的老师
道比老聃 儒比孔丘
对诗而言 吾能寸草寸心
对故乡而言 吾何能吾何为
能否为人民的疾苦呼吁
枝叶园是我最大的课堂
他教我最大的智慧

是以小见大
用爱点燃晚霞

枝叶园汇聚我们的友情
汇聚仙鹤和鸟鸣
汇聚天使的微笑
枝叶园让我们回归童心
回归故乡母亲的怀抱
在这里　我像婴儿一样
吮吸着精神的乳汁
洗亮自己的小手和眼睛
洗亮自己的心

冲浪琵琶湖

琵琶湖是高天的妙笔吗
鄱阳湖畔形如琵琶的湖泊
倒映着高楼大厦和摩天轮
余干　这座历史老城
因为母亲湖的滋养
现在依然容光焕发

琵琶湖是大地的杰作吗
东山岭下声如琵琶的流云
环绕着历史文化名人群雕
余干　钟灵毓秀 人文蔚起
因为礼仪兴教
贤能辈出

琵琶湖是自然的升华吗
画家笔下魂如琵琶的意境
烘托着波光粼粼的音乐喷泉
余干 湖光山色最美县
因为 白琵鹭鸣 万鸟翔集
闻名遐迩

琵琶湖 蓬勃着青春的湖泊
浸透爱和热血的湖泊
把苦难和泪水含在眼中的湖泊
把沧桑掩入内心的湖泊
踏上冲锋舟
我们就长上了坚毅的翅膀

琵琶湖 身似琵琶胸膛如镜的湖泊

擦亮余干黎明的湖泊

飞翔着理想的湖泊

踏上冲锋舟

我们就和仙鹤一起飞翔

和曙光和琵琶湖一起飞翔

老诗人的哭泣泉城的柳树听到了……

为什么您的眼里满含泪水
因为您爱这片土地爱得深沉

江西枝叶园诗人笔会上
一位老诗人掩抑不住自己
失声而哭

未曾开口泪先流
老诗人的真情
打动在场所有诗人

老诗人的眼泪
乌泥镇的古樟知晓

枝叶园的一枝一叶知晓
千里之外的亲人知晓

我把老人家的眼泪装在心里
像把枝叶园的嘱托装在心里

带着枝叶园的星光
回到山东齐鲁大地
我告诉泉城的每一棵柳树
我心里装着泪水

杨柳轻轻点头
轻轻拂着我的肩

我想告诉郑伯权老诗人

万里之外

泉城的垂柳

向您致敬

向枝叶园致敬

鄱阳湖，美丽的东方女神

夕阳的余晖里

鄱阳湖波光潋滟

明媚的月光

和着她饱经风霜的笑

让我们感知坚强与无畏

连五江通大海　鄱阳湖

水阔八千里 湖光映碧山

上世纪 1945 年 4 月 16 日

彭泽湖洞开两个世界

鸾鸣凤和的天堂

魔鬼狰狞的地狱

日本神户丸号
载着掠夺的珍宝
准备
撤回侵略的脚步
隐形的鬼门关魔笛吹响

东方女神 白色的光芒
似手中长剑
从湖底刺穿黑暗
浑身长满眼睛的湖怪
吼叫着
吞噬两千多吨级运输船

二百八十六名鬼子
随着白光

逐 浪

而 逝

日本海军

派人入湖

侦 察

全军覆没

只山下堤昭一人存活

美国潜水专家爱德华·波尔

数月打捞

一无所获

数名美国潜水员

无缘无故

无影无踪

从彭泽湖

永远地消失

我要朝拜
女神鄱阳湖

北纬 30 度 老爷庙水域
朱元璋与陈友谅决战之地
风平浪静间乌云密布
水浪滔天
鄱阳湖瞬间吞噬
她要毁灭的罪恶

让我仰视
坚贞不屈的东方女神
更深层次的爱

超越上善若水

鄱阳湖是最美女神

大爱无私 爱憎分明

晶莹剔透 没有一点杂质

这一刻

我的灵魂属于彭泽湖

这一刻

我不爱柔情

只爱

啸声如吼的鄱阳湖

李自国

万物向北（组诗）

我与枝叶园的叙事

那片树叶生长出鸟的黎明
又挂满露珠女孩的小灯盏
乌泥小镇，经过身旁的那些海水
怀抱故乡，携我从天府之国
飞至鄱阳湖畔，让天上的云都坐下来
我与枝叶园有过一次促膝长谈

作为一粒石头的种子，我醉卧于

海洋的潮汐，你视若生命的土地与家园
就像一位将军收复失地的战场
挺进到人民之中，不再有陌生的遗憾

老百姓就是乌泥镇的一盆火
属于昼的雄浑，属于夜的绚烂
一只青鸟在鄱阳湖畔凌空而飞
蓼子花说出它纤尘不染的诺言

你会记得那些过往的风景
如同记得与真理和良知久违的默契
大半生奔走太累的旅人
为了赶更远的路，暂时独处的所在
就是枝叶园风雨兼程的所在

如果命运另有安排，如果
天空将乌云摆在了桌面
请原谅，你无需堆砌太多设防的梦
自信且飘逸，正直且豪迈

奔跑的山林和祥云回到人间
是大地刻意选择天空的位置吗
“民贵泰山”像盏灯，让我亲眼看见
远方的海，并照亮跌跌撞撞的人间

我逐个抚摸那些留有体温的文字
甘甜如水，不忍释卷
它早已君临我心，该如何
止息我的眼波与滚滚心潮的澎湃

长笛独奏，我们如此相安
风中的乌泥镇在霞光中醒来
你说你是一束枝，你是一片叶
一枝一叶同你有亲密的血缘
你还说百姓是干，家国是园
就在你启程的荷塘，纯洁着我的平凡
朝阳如约升起，我与枝叶园的叙事
或在两棵古樟明眸皓齿的见证下
迟到的云朵，现实的蝴蝶，归栏的羊群
它们与我完成了生命高光时刻的涅槃

江豚湾

江豚从一纪元复始，游到如今
茫茫宇宙，苍苍大海，再游至
渺渺鄱阳湖，让水花三阳开泰
三阳生于阴，生于它的鳍肢，它的角质鳞
冬去春来，阴消阳长，江豚湾
连同浅海湾，红树林沼泽，充盈吉亨之象

江豚常以称颂岁首，抑或寓意吉祥
不停地行走风暴，不停地放逐灵魂
遍布箴言之后，又遗落给鄱阳湖悠远梦境
细眼睁开便涌出硕大的时间
像是生命的起源、轮回，一曲亦终了
一曲又复始，生物进化的尾鳍

一摇一摆的字，走散了狼人
述说着地球母亲曾有过的欢欣和不幸

水中的余生，被人类称为河神
而江豚是万物中的濒临
我逐个寻找幸免于难的剩下部分
它们的身世，它们的婚姻
它们的生儿育女，一代代繁殖
它们的风向标，每当暴风雨来临之前
便会浮沉出没于水面拜风
看到江豚拜风，渔民就收网，就归帆
水面将有不祥之刃，封江便能免遭劫难

江豚湾曾一脸苍凉，红粉被纷纷瓦解
是江豚让万古的鄱阳湖激情澎湃

又让鄱阳湖的圣水弯曲在这里
让鄱阳湖的月光弯曲在这里
让鄱阳湖的众生弯曲在这里
它们自由地翻滚、跳跃、点头、喷水
其上，欲上天揽月，耸然而特立
其下，则下洋捉鳖，悠然而深潜
谁肯借来一千个胆，一万个冒犯
面对一弯再弯的江豚湾，如此卓尔不凡
谁还敢侵占它的家园，任意将它的生命凋残
江豚从小主宰自己的命运，漫漫长大成
一部时光的水书，一篇生物连接人类的寓言

滕王阁

你年事已高，却又鹤发童颜

你老少咸宜云吞，我五体投地荒芜

你无数次婚丧嫁娶，我满坐孔雀开屏

它是你的鄱阳妻室、五味杂陈

它老羞，它是你的思想缝隙，遗传基因

它是你时间的眼睫，春蚕的过客

你的胎衣临赣江而立，屡毁屡建

你的美体因落霞的晚辈与孤鹜齐飞

你麾下的漫漫秋水，共生长天仙女一绝

它使你号称江南三大名楼之首

它唤你关关雎鸠，窈窕淑女，却刻舟求剑
它呼你余音绕梁，明眸皓齿，却缘木求鱼

我因你遭受地震之刃而徒添伤悲
多少次想凌空而飞，欲当凌绝顶
我心因你的动静脉，你的饥荒与战乱而葳蕤

多少回让黑夜的容貌去寻找黑夜
一个可以跟我灵魂对话的人，你高大无比
夜里抽出芽来，让地球人，正儿八经的
打探王勃现身、《滕王阁序》被改写的音信

你徒有地图的衣衫，虚有太阳的颧骨
保有月亮的下巴，星星的双瞳戏水
你的肌肤层台耸翠，上出重霄，下临无地

你的筋骨飞阁翔丹，渔舟唱晚，惊寒雁阵

谁令数千只白鹤列队，翔舞成飞石
谁采摘吉光流云，聚拢百鸟朝凤的山河
谁是太阳穴的偏头痛，谁是月亮的蜂窝煤
谁替滕王阁说出泪的味道、汗的艰辛、人间的秘密

与大明湖古战场过招

余干大明湖，被戎马倥偬雕塑过
俨然一个叱咤风云的古战场
锣鼓山的锣鼓兄弟、神仙墩的神兵二舅
香炉墩的香炉父母，麦黄洲的战袍三姑
倚在层叠波峰之后，摇滚一曲行吟者的长歌

一掬大明湖之水，已是一种象征
一场归去来兮的征战，已让时光回还
行八百里雷霆，洞彻三千年黑暗
生死存亡的大会战，惨烈、震撼、空前
20 万对决 60 万，仿佛朱元璋已无胜算

陈友谅在水中，开辟一条血路

一条突出重围的路，狼烟四起、杀声震天
却忘记了时间，忘记了来时的山路
辽阔的水面，布满了陷阱的诗篇
穷途或末路毕现，将帅犹存余悸
船帆摇摇晃晃，像饿虎的大姨妈下山

烈日和暴雨，一如困兽出笼
朱元璋披荆斩棘、文武双全
将士们胸中藏有元朝末年的箭矢
骨骼里响着大明初升、月光朗照的蹄音
大道通天，在洪荒之力的助推下
康郎山的老表来了，如此情深似海
康郎山的援军来了，如此骁勇善战
康郎山用湖水拥抱湖水

用熊熊火炬，把高山的流水照亮
隐藏的乌云在天上汇聚
白鹳姐姐、黑鹳哥哥、白鹤风、大鸨雨
看得心里打滚、万马齐喑、目瞪口呆

我赤手空拳，与大明湖古战场过招
我深交过的古代朋友，不过斯文人居多
没有败将或士卒，他们都是朱元璋
开启大明王朝的步履，如日中天
千古风流的英雄，被生态湖水一波波展开
偌大鄱阳湖面，又下着一盘更大的棋
车马不失蹄，将帅与父老江东不再饮泣
仿佛旅游偷渡楚河，才子佳人的糖衣，炮熄汉地
汹涌澎湃的波涛，又是江西老表的神助攻
威仪着大明湖，射雕的弯弓与江山

余干，浩浩汤汤，巍然如冠

“越之西界，所谓干越，越之余也。”

——《通典》

古所谓汗越，令鄱阳湖十涝九旱
高僧点化迷津，挑灯拔盏，让隋朝的汗
去水三千便是干，余干抱着字，在天空中游泳
信江的耳朵，贴在古樟的花事浮云间

江西老表的萌生之源，像喜鹊
鸣叫出乘风亭、忠臣庙、昌谷寺的重口味
耍惯太阳的金子，烤熟朝贡的枫树辣椒
又在膜拜风的鼻翼，赤条条
被中桥、润溪大桥、下枫桥的石梯

与应天寺的诵经月亮，布衣出咒语的呢喃

名字跌在水里，便叩开余干不夜城池
天井的一世貌美，梦里水妖的脾气使坏
秦朝的汗蒸，熏出一条檀香船、月儿湾
停靠在鄱阳湖的东南岸，做起余干的罗盘

汉时以降，长沙王吴芮离开余干征战
跟项羽灭秦，随刘邦灭楚，时间的琥珀
渡迷航的蓑衣作帆，白鹤们又举起星辰大海
却吊打不过赣剧《玉堂春开酒店》
献计出藜蒿草的皇袍加身，成为自己的王
自己的宝典，一直未敢下船就焕发童颜

万物向北，高铁繁殖着蚯蚓里的人群

因为琵琶湖，用日月去弹奏鄱阳气象
弹奏一部八方通衢、云蒸霞蔚的经典
也因为长到天上的东山岭，羊角峰耸立
浩浩汤汤的热词，崛起的余干巍然如冠

赵 琼

坦陈于阳光之下的一座园林(组诗)

站在枝叶园的一棵柳树前

细细一数，枝叶园内植柳

共有八株

像八座绿峰，环绕在

枝叶园的大门口

让墙内和墙外的四季

都能感到生机的富有

我与它们一一对望

仿佛面对一群

可鉴情怀的榜样
当大地从冬天的睡梦里
逐渐复苏
柳树，便以引领的高度
在枝梢之上
将体内的春天一一捧出
立身于小径之侧或湖畔
被湖水倒映
荫佑与恩泽，在同一时空
悉数降临
像此刻的微风荡漾，像
将“民贵”“济世”“振兴”
当作祖训
以及当年，从贫困之中
走出，后来又全身心地投入

将贫困消灭于民间的
那个人
枝叶园里这八株垂柳
在支撑四季的每一秒内
都在用坚守
将责任和使命进行比对
用奉献和担当，将
喜悦、活力、朝气、践约
温暖、本色等这些词语
聚拢在一起
最终使之成为
终生都在追随的一个主义
并以此来支撑一座江山
和江山所要养育的人民

此时，站在枝叶园里
我宁愿相信
这个春天，是被这些柳树
从冬天的白雪中
拯救而出。在春风里尽情摇曳的
花草、努力成长于尘埃之中的
那些粮食，以及果蔬
无一不是它所要爱怜的那些孩子
或是所要供养的天下父母

此刻，我站在枝叶园的大门前
与其中的一棵柳树久久对视
我把它当作一面镜子
来检视内心渴望纯净的灵魂时
愈加坚信：当年植柳于园的主人
必有植柳于园的深意

枝叶园里的一丛鲜花
和被绿植簇拥的一塘清水

我没有在五月来过余干
所以，我与余干所有
开在春天里的鲜花
无缘对视
人活半百了
也见惯了诸多别离
乃至生死
但我一直坚信一个真理
凡是美好的，都会永生、不泯
你说：亲爱的
永生的，都不在世间啊
我说：是啊！

永生，只生在美好的心里

今天，春意已盛至极浓
夏日也正在来临
我来到了余干
这块陌生而又熟悉的土地
并与天地一起
尽享这无尽起伏着的绿
我知道，此刻
那些能开在春天的花儿
都已安卧在，与一塘清水
一起孕育着重生的
红土里
就像我那些
正在成长并努力生活着的

所有的亲人

我多想，今年的秋天
还来这里
守着满园的青竹
作这环抱着一池清水的岸畔的
一茎草，或是一只鸟
在秋风渐凉的那一刻
就去坐到它背风的那一侧
并把它当作自己此生
唯一的依靠

如果，此刻
所有的凝望，正好
都能化作一轮

能给予人间

光明和温暖的太阳

我愿与枝叶园的主人一样

期冀祖国怀抱里所有的城市村庄

都能像枝叶园内的鲜花和绿植一样

花开每一寸渴望奉献的热土

绿染所有，需要装扮和守护的

山冈……

一汪池水，在枝叶园里拥抱天空

在天地之间，有花香，有鸟语
有一汪养育清莲的池水
有一波接着一波涟漪，将晴空里的
白云、飞鸟以及岸上的一枝一叶
像一双怜爱的手臂，将它们
一次又一次，统统揽进自己怀里
在这种境况下，枝叶园
不仅仅再是一个地名
它同时还拥有了鄱阳湖畔
一朵鲜花的身份
而此时的这一塘清水，则以花蕊之中
那啜之不尽的花蜜的
血缘，与它相认

今天，我站在这泊池水的
岸上
与徐徐的微风一起，来寻觅诗句
在这怡人的微风里
时不时，我就会把这清水的
洁净和柔顺，喻作一尊
这世间最美、最纯的女神
并在女神的注视中
把这清水里的每一个波纹
全都认作是一行又一行
大爱的行迹
我凝视着，倒影于这一汪清水里
无处不在的
那一抹又一抹碧玉一般的翠绿
让我一次又一次想到了

金山银山和绿水青山的
绝世的隐喻
从而更加敬仰，将自己隐于枝叶之间
却时时将偌大的天空铭刻于心中的
这一汪池水……

2021年5月10日凌晨3：00

毕福堂

江西 江西 余干 余干（组诗）

清瘦“枝叶园”

枝叶园里的树木很多
丛丛簇簇中
瘦土薄壤里长出的枝枝叶叶
都很清瘦 嗅一嗅
泥土的味道很浓
还有池塘中的莲藕
薄薄的叶片上托着
风声雨声和蝉鸣虫吟

这个地盘简陋的小小院落
没有高堂亭阁和金碧辉煌的琉璃瓦脊
更无砖雕石雕价值连城的精美影壁
和气势恢宏的拴马桩
屋顶的灰瓦片片也像墙角的
枚枚竹叶那般清瘦
一年四季
唯一丰满肥硕的
是中秋之夜乌泥镇那一轮
千里遥望的圆而又大的月亮

江豚啊 你为何独爱鄱阳湖

天下的江河湖海多了去了

江西余干县的这一段鄱阳湖

江豚啊 你为何独独钟爱有加

整个长江流域还不足一千头

这里 却有 450 头之多

不可否认 缓缓流淌的

比我家乡的汾酒竹叶青还纯澈碧透

还有草肥水美 连年来都是候鸟们的天堂

即使这样 也不至于非在这里扎堆吧

周边烟波浩渺的湖光山色比比皆是

这几十公里沁人心脾的景致

难道真能胜过仙境般的瑶池不成

不要看我有着温文尔雅的外表
当然 我既不是海盗 也不是江盗
我只是一介嫉妒心极强的湖盗
山西自古有“交枪不交醋葫芦”的嗜好
实在按捺不住的时候
真不知我这个“伪君子”
会不会在一个月黑风高天
从腰间取下命根般珍爱的器物——
把鄱阳湖一股脑儿地灌走

忠臣庙

元朝末年
朱元璋和陈友谅在鄱阳湖大战一场
战船对垒激战一个多月
朱字号的帅旗笑到了最后
但也损失了三十六位大将
忠臣庙因此建起来了

这是中国唯一的一个皇帝
给臣子们一溜排开的塑像
那些战死的将领
魂魄再从泥土中复活

盔甲 兵戈 战袍 神态

鬼斧神工 栩栩如生

葬身湖底的撕杀呐喊已化为一堆泥像了

但士气依然高涨

侧耳细听

隐约的感恩声比兵戈相见的拼杀

还铿锵

2021 年 5 月 9 日夜于江西余干宾馆

黄殿琴

乌泥镇的古樟　枝叶园的怡然

恰逢！美景绵长
鉴读八方通衢的上饶
不可低估——如花一枝花草碧
恰逢！明媚春光
鉴读上乘富饶的余干
不可低估——如叶一枝叶似丹

恰逢！满园香叠
别致的上饶 楼阁参差浩荡
鄱阳湖畔 包揽乌泥镇的古樟
恰逢！芳华玉洁

别致的余干 石栏幽静蜿蜒
民贵泰山 坐拥枝叶园的怡然

恰逢！瑶池仙景
一张一弛 湖色的美艳在余干
诗行葱茏！松石画廊 山间梯田
恰逢！丹桂幽清
一年一度 永恒的幸福是平凡
惜福芳华！云雾之乡 淡出炊烟

恰逢！气韵满纸
鉴读琵琶湖上拨琵琶
中华新韵——笑谈挥手创新话
恰逢！碧天如洗
鉴读知青小镇话语甜
平起清廉——万里征途气神闲

秦 莉

枝叶园诗选（七首）

枝叶园竹林

你的腔调
就是你的身躯
迎着朝阳
把竹叶挺拔成
瘦长的斜阳
任风　任雨
任雪　任霜
脆生生一片油绿

独坐四季
那通体的正直
可是你的姿态
能否匀些
给杂乱无章的尘世
能否让风雨中的咳嗽
吮吸一滴汁液
能否让竹影
在西厢下畅饮夜色

于是
我的笔
在你的血液里
寻找字的方向
每一笔都是傲骨

傲而不骄

每一画都是清雅

雅而不媚

每一撇都是眺望

眺望熙熙攘攘的炊烟

每一捺都是俯首

俯首踏踏实实的土地

养一道

郁郁葱葱的屏风

给人间

2021年5月10日晚

老诗人的泪

——致敬郑伯权先生

你哭了

为久别的诗情

你哭了

为重逢的故人

60 年前

人民日报是你的阵地

那时

诗意　一直

在你笔尖扑腾

经历时间

经历病痛

经历沧桑

你

又回到了

初心不改的地方

你笑了

为四面八方的诗友

你笑了

为余干灿烂的明天

更漏子
余干 · 琵琶湖夜景

琵琶灯　玉带桥　高楼映水晚风
马鞭草　金鸡菊　灯下绣婀娜
古余汗　长沙王　浓情上邪吟月
母亲湖　鱼米乡　余干任方遒

乌泥镇 · 汤源小村

见到你
就闻到了书香
农家书屋
乡愁书院
孩子们
用文字
打扮自己

见到你
就闻到了荷香
夏日塘前
总能拨动
一帘清梦
见到你

就闻到了木香
于茂林修竹处
踹一脚泥土
持一碗汤圆
闲坐
轩榭廊舫处
有一只蜗牛
爬上木桩
和我对话

见到你
就见证了
贫困中
飞出的智慧
辛勤中
飞出的幸福

余干忠臣庙

这里住着
朱元璋的兄弟
36 位勇士
用生命托起了
你的梦想

这里立着
忠诚的牌位
韩成义披红袍
以鄱阳湖的水为墨
以生命为笔
写下
不可战胜的忠义

这里牵着
后人的祭拜
香火
点燃的时候
飘飞的　是
缅怀的目光
升起的　是
感天动地的情谊

鄱阳湖 · 白鹤

绣花针

让我 最早

认识了你

锦缎上

绣出的

有吉祥

有贵重

有笃洁

有长寿

你是跳出

烟火的

仙风道骨

常年行走在
仰望的诗章
你是尘世
清雅的
一品鸟
在官服上诠释
圣洁的情操

你是端给人间的
一方净土
六千年
路过的
每一个朝代
都有你
清廉 祥和的
图 腾

余干江豚湾

听到
我们的
脚步声
你
划着波浪
向我们招手

好期待
碧波后面
憨态可掬的微笑
奈何　你怕
正午的阳光
晒黑了

你的皮肤

蒙着脸

踢出一道道

顽皮的波纹

好想

掀开水帘

亲吻

你的微笑

我知道

水鸟吻你的时候

你　仰着头

笑了

湖风吻你的时候

你　喷了风

一脸水

我想吻你

因为

我们

爱你

绿 岛

枝叶园诗抄（八首）

枝叶园

那么多宁静的呼吸
在沉默的枝干上
爬
行
目光深深地浸入泥土
就像搁浅在大梦里的阳光
安详而寂寞

三间牛棚的痛

忘不了与母亲在凄厉的雨夜
给亲戚还猪的步履
一脚踩着泥泞
一脚踩着屈辱
那一夜诡异无常的天空
竟写满了世态的炎凉
人——间——冷——暖

一枝一叶伴一吸一呼
官亦何其正
民亦何其亲
乔木立于天地之间而不语
大德必得其寿
大德必得其名
昭昭日月

悠悠吾心

我走出郁郁葱葱的枝叶园
却无法走出你失火的目光

乌泥镇

乌泥镇把历史扛在肩头
一步踩着一个悠久的记忆

那时，乌泥镇的土会唱歌
是长沙王吴芮征战疆场的号角

后来乌泥镇的故事在余干县袅袅的炊烟里
温暖了水乡的肌肤是流淌在外婆桥的泪水

乌泥镇是飘浮在云端的一则童话
飞得再高再远也走不出娘的视线

乌泥镇很古老

乌泥镇很年轻

在一首诗歌里我邂逅了乌泥镇
从此，生命中就遗失了真实的梦呓

鄱阳湖

朱元璋与陈友谅在湖面上激战正酣
黎明时分
鱼们就衔来前线胜利的消息
忠臣庙里供奉着
三十六名魂归故里的铜像
朱皇帝却迫不及待地
将活着的功臣
一——网——打——尽

鄱阳湖啊，你让这一湖的太虚
在五月的阳光下
沿水面漂浮
直将一万年的往事沉入湖底

安然如梦

光阴之外竟是些会唱歌的石头吗

而你又因何拿我的筋脉结网

在子夜不停地打捞

一截一截倔强的诗歌的骨头

鄱阳湖在月光之下的睡姿很美

柔弱的温馨恰似我前世的情人

滕王阁

滕王已然在梦中回到了滕州
而年少的王子安
则用冲天的才气与风流
拿文字支撑了一座千古名楼

远去的赣江之水
带走了大唐万千的粉黛与威仪
却终于带不走
秋水共长天一色
落霞与孤鹜齐飞的瑰丽身影

秋风瑟瑟
秋水汤汤

诗人奔赴了一片浩瀚的汪洋
独留下滕王阁
供奉着一抹血色的斜阳

山上有光

就这样我一路向你走来

踩着月光

在一条汹涌不息的河流面前

我用一根根坚硬骨头

度我缥缈的来生

路是一条绳索

有倔强的文字在体内泅渡

它们始终不安地涌动

那个夜晚

水是我们梦里玉石俱焚的生命

脆弱而又多情

佛说，山的上面宁静如初
想要光就有了光
没有人知道
故事沿石头的剖面渗出了
殷红的血浆
而我却在诗歌里苦苦地寻找
江山不管兴亡事
一任斜阳伴客愁的意念天堂

山上有光
不料尘世却丢了眼睛

高山仰止

把太阳的光埋在高山之顶
每一块石头
都在向我们大声说话
歌声穿过云朵
只是梦里的雪还没有醒来
我不知道
那些在天外借来的时光
正在为谁慢慢融化

他们用一种姿态飞翔
所有的身影
都长出了金色的翅膀
而我们已经习惯了在土地上

供奉仰望

目光在崖壁上艰难爬行
像一条虫子
在黎明迎讶第一缕鲜嫩的阳光
那些石头乃在述说
故事已被孩子们踩在脚下

高山仰止的仰
不是攀援而上的火焰
应是天边寂寞的云

鹰把目光钉在悬崖峭壁

俯冲已经是第一百零一次的重生
心，在空荡的空谷栖息
你为何把家的意念
捆绑在翅膀之上
让阳光带回故乡的炊烟
和草场上的歌声
刃，拿冷漠的芒划过大漠之腹
那时我们注定无法走出
你心的荒原

自由的元素在天空肆意滑翔
捡拾光阴的鳞片
鹰的目光里

充满了金属游走于血肉内部的物质
而我们只能在山岗
拿稚嫩的画笔描摹那些零星的
关于童年的记忆

俯视，必将让天空融入最原始的感动
鹰与白云同生共死
它们目睹下界的芸芸众生
而喧嚣的
却不止于一条诗意的河流
鹰把目光钉在峭壁
目睹石头和头颅在天空一起飞翔

有太阳的光在燃烧

在寥廓的天空寻一片云朵

梦里的天空总是在下雨
没有飘浮的云朵和颜色

云朵之上是神
云朵之下是人

那时我整日在天空流浪
就好像一颗孤独的星子

后来爱情就在云朵的上面
眼泪和痛苦在云朵的下面

我喜欢冬天下雪的模样

梦就变成了洁白的颜色

我在天上去寻找一朵云彩
你在地上用木头搭建房屋

那些长了翅膀的文字在天上飞翔
诗歌在泥土里长成了茁壮的庄稼

沿一条河逆流而上
我就是天上的太阳

2021年5月12日北京

蔡美芳

最可爱的你（组诗）

致敬方志敏

历史的天空，

是红色的。

那是无数革命先烈，

用生命和鲜血染成的。

上饶的天空，

亦是红色的。

因为有着一个伟大而闪亮的名字

——方志敏！

五四的光芒下，
我们走近了方志敏。
读懂了爱国的你，
认清了清贫的你，
明白了创造的你，
听懂了奉献的你。
你是最可爱的你，
——方志敏！

湖塘村前清澈的小溪，
静静地流淌。
无声地诉说着，
方志敏的故事。
我怀着敬仰的心，
踏上了这片土地，

找寻你为解救贫苦大众的决心。

1924 年 3 月，
你加入了中国共产党，
从此将生命奉献给了党。
以身殉志，
不亦伟乎？
毛主席的话语，
证明了你牺牲的意义。

组建红十军团，
建立闽浙皖赣苏区，
发行股票公债，
颁布土地法令，
将黄金千两

无私地捐赠给中央苏区。
孱弱的母亲,
潸然泪下,
五百元大洋,
都不能去解救爱妻。
清贫如你,
这一分一毫的银币,
都用于百姓。

第五次反围剿
你凛然正义,
抗日先遣队北上,
你下定决心。
明知山有虎,
偏向虎山行!

那是飞蛾扑火的赴义，
那是以卵击石的自缢。
那是悬崖！
那是深渊！
那是地狱！
奉献如你！
视死如归，
英勇就义。
带领 800 多名勇士，
听从中央命令！
然而，
命运还是没能眷顾你，
1935 年 1 月 29 日，
为解救刘畴西，
你亦身陷囹圄。

180 多个日夜里，
在狱中，你亦执笔还击。
为我们留下了可歌可泣的
《可爱的中国》
《清贫》
如今，14 亿中华儿女，朗朗书声。
到处是活跃跃的创造，
到处是日新月异的进步。

百年风华，
峥嵘岁月。
百年征程，
人间奇迹。
百年建党伟业的丰碑里，
我们始终铭记，

爱国是你，

清贫是你，

创造是你，

奉献是你。

我们永远铭记，

最可爱的你

——方志敏！

百年芳华，荣辱与共

百年春秋，锦绣大地，风云激荡。
百年征途，江山如画，伟业荣光。
百年旗帜，复兴梦想，高高飘扬。
百年芳华，荣辱与共，乘风破浪。
从 1921 年到 2021 年，
中国共产党走过了整整一百年的历程。
这是筚路蓝缕、披荆斩棘的百年，
这是艰苦创业、砥砺前行的百年；
这是苦难中铸就辉煌、探索中收获成功的百年，
这是转折中开创新局、奋斗后赢得未来的百年。
中国共产党领导亿万中国人民，
开天辟地，惊天动地，
改天换地，翻天覆地，
共同走进顶天立地的新时代！

一 、开天辟地

1921 年 7 月，

上海的石库门、嘉兴南湖的红船上，

中国共产党诞生了！

开启了中华民族新纪元。

从此，中国共产党带领中华儿女，

乘风破浪，一往无前，

从一个胜利走向另一个胜利！

沉睡的雄狮，

发出震撼世界的怒吼，

二十八年战火硝烟，

二十八年腥风血雨，

让满目疮痍的中国。

傲然屹立在世界东方！

二、惊天动地

从八一起义的枪声，
到秋收起义的镰刀。
从井冈山峰的号角，
到长征路上的坚毅。
中国共产党如灯塔，
指引着我们前行。
一代又一代掌舵人，
开辟出一条中国特色的航线。
把我们的航程，
指向正确的前方。
无数革命先烈们浴血奋战，
无数仁人志士们前仆后继，
千百万中华儿女用鲜血和生命，
换来了1949年10月1日的这一天，
中华人民共和国成立了！

三、改天换地

1949年10月1日，
五星红旗在天安门城楼高高飘扬，
中国人民从此站起来了！
这是中国人民屹立于世界东方的宣言书。
西藏和平解放、完成三大改造，
建设社会主义、研制两弹一星，
东方巨龙插上了腾飞翅膀！
我们的母亲，
可爱的中国，
到处是活跃跃的创造，
到处是日新月异的进步！
古老的神州大地焕发出勃勃生机！

四、翻天覆地

1978 年 12 月，
改革的春风吹遍神州大地，
掀起改革开放的时代浪潮。
西气东输，南水北调，
青藏铁路，三峡大坝，
中国迎来了翻天覆地新变化，
向世界展现社会主义中国崭新的形象！
京九铁路，贯通南北，
香港回归，澳门回归。
神州翱翔，浩瀚太空，
绿色发展，经济腾飞。
五年规划，绘就崭新蓝图，
继往开来，小康社会步步实现。
迈入建设中国特色社会主义新征程。

五、顶天立地

奋进新时代，踏上新征程。
墨子升空，天眼探星。
嫦娥奔月，北斗导航。
天鲲出海，雪龙踏冰。
神威飞转，九章问世。
复兴高铁，港珠澳桥，
一项项世界之最，
向世界展示着东方古国的时代风采。
中国制造，中国创造，
中国智慧，中国科技，
体现着大国担当，
为共建人类命运共同体，
贡献着中国力量。

波澜壮阔的画卷铺展，

改革开放的步伐加速，

奋进与创造仍在延续，

中华民族伟大复兴的中国梦必将实现！

诗画余干在等你

渺渺鄱湖，书写千秋古韵。
悠悠浮云，飘逸湖光百里。
点点渔火，辉映水乡画意。
忠臣古庙，诉说大明传奇。
等你看江豚欢歌，
等你看白鹤齐舞，
等你看蓼花红遍，
等你看碧浪清波。
诗意鄱湖，邀你有“湖”同享，
诗画余干，与你一见“忠”情！
袅袅渔音，传颂老表故里，
绵绵康山，遥望最美长堤。
菁菁绿洲，天绘锦绣千里，

云兴霞蔚，编织万花绚丽。
陪你听渔舟唱晚，
陪你观星空璀璨；
陪你寻梦里水乡，
陪你笑世事沧桑；
诗与画的湖光山色，
心和梦的江南水乡。
诗意鄱湖，邀你有“湖”同享，
诗画余干，与你一见“忠”情！
诗画余干，在等你……
在等你……

腾飞余干

浩瀚鄱湖是你宽广的胸膛，涤荡千年，源远流长。
巍峨东山是你挺拔的脊梁，傲然屹立，雄踞一方。
啊，幸福余干，鱼米之乡，十九大春风轻拂着你的脸庞。
万里花海是你秀美的容颜，五彩画卷，锦绣华章。
千古忠义是你不朽的丰碑，华夏泱泱，无上荣光。
啊，情义余干，候鸟天堂，插上创新的翅膀迎风翱翔。
芡实清香是你种植的喜悦，江南田园，绽放格桑。
大明湖畔重续开港篇章，渔舟唱晚，扬帆启航。
啊，生态余干，美食之乡，饕餮盛宴天下美名扬。
蓼花璀璨惊艳了时代的目光，绿色崛起，伟大希望。
美丽赣鄱棚改样板，崇文尚义，勇于担当。

啊，奋进余干，戮力同心，凝聚百万干越儿女磅礴力量。

党的光辉照耀四方，把百姓冷暖时刻放在心上。

脱贫致富共享小康，你灿烂的微笑是我最大的梦想。

啊，腾飞余干，不忘初心，砥砺前行，众志成城再创新时代新辉煌！

朱昌勤

枝叶园行吟

我在枝叶园中漫步，
脚下是一片百姓心目中的净土。
满园花草树木，
令我有来自时光深处的文化感悟。
但见参天大树，
枝叶横空迭出，
都是枝叶有情的自然书写，
都是枝叶关情的天然描述。
那春兰夏荷秋菊冬梅，
正是清新清纯的文化诠释；

这青松苍柏香樟劲竹，
恰似高尚高洁的时空临摹。
枝叶园啊，枝叶园，
一幅枝叶关情的亮丽画图！

我在枝叶园中放目，
有牌匾高悬，令人驻足昂首；
“江西廉政文化建设示范点”，
闪光大字意味着时代的警示与叮嘱。
这里有花草树木的风光风采，
这里更有枝叶关情的风情风度。
枝叶关情啊，情最深厚，
枝叶关情啊，情最真朴！
告诫一切来者不可糊涂，
心清者才敢面对清廉气息大张肺腑，

身正者才敢正视参天大树的傲然风骨！

我慕名来到了园中的笔潭书屋，
这是枝叶园中大放异彩的文化去处。
文化空间充满着文化亮度，
精神世界展示着精神留守。
我想起了为学则勤则优的当代传说，
我想起了为官则正则廉的当代典故。
贵民重如泰山啊，
关注民意民心民生者才名传千古！
爱民者民亦爱之，亲民者民亦亲之，
这是人世间绝对正确的文化解读！

我在枝叶园前频频回首，
观瞻仰止，心潮起伏，

我眼见的是一座自然园圃，
我心想的是一个文化宝库。
枝叶园是一颗水乡精神明珠，
枝叶园是一部值得研读的时代大书。
人世间只有文化能品评时光的价值，
人世间只有文化的价值能光耀先祖。
世界之大啊，唯文化无价！
天长地久啊，唯文化不朽！

下篇

旧体诗

予 子

枝叶园诗人笔会歌咏（二首）

知青小镇

幢幢旧屋黄土立，
盏盏油灯记光辉。
艰苦岁月练筋骨，
汗水筑就青春岁。

时空一去不复返，
历史风云几回回。
昔日撒下粒粒种，
今朝神州满园辉。

随“枝叶园”诗人笔会参观余干县知青小镇有感 2021 年 5 月 9 日

咏叹鄱阳湖

望眼碧波接长天，
猎猎红旗曾漫卷。
苦难辉煌百年史，
一枝一叶皆有源。

树老根深高千丈，
初心不忘行致远。
思古知今为圆梦，
诗意击水写新篇。

“枝叶园”诗人笔会小记 2021 年 5 月 10 日

岳宣义

忆秦娥·乌泥镇[1]

乌泥镇，
苍天大地皆滋润。
皆滋润，
扶遥白鹤，
枝叶园锦[2]。
丹青翰墨流余韵[3]，
东风劲吹尘埃尽。
尘埃尽，
桃源如画[4]，
苍生兴奋。

注释

① 乌泥镇，位于鄱阳湖畔，为江西省余干县所辖。5月7日至10日，在江西廉政示范区枝叶园举办了“诗人笔会”，庆祝建党百年。

② 枝叶园：取自郑板桥诗“一枝一叶总关情”。乌泥镇建有枝叶园。

③ 丹青翰墨：乌泥镇吴官正同志旧居里陈列着他的绘画暨夫人的书法。

④ 桃源：陶渊明在鄱阳湖畔写下名篇《桃花源记》；毛泽东诗《登卢山》有“桃花源里可耕田”句。

郑伯权

重访南湖（二首）

三月江南景物殊，
浣红滴翠巧妆梳。
扶疏嫩柳藏春色，
露滴新荷入画图。
情系双桨追往事，
心随流水到名庐。
红船风雨千秋业，
洗净尘寰是此湖。

月下访枝叶园

树种五亩宅，
竹唱千家诗。
月下村中过，
清风夜沾衣。

李文朝

李文朝诗词十三首

第一部分：全局篇（六首）

水调歌头·红船百年（中华通韵）

雾锁南湖暗，劈浪启红船。沉沉长夜犁破，艰险走千川。承载民心国梦，闯过暗礁峡谷，改地换新天。百岁青春在，沧海挂云帆。翻身起，开富路，晋强关。长征接力，红色旗帜永相传。绿水青山画卷，洋底深空往返，科技竞尖端。喜看乾坤变，圆梦慰先贤。

李大钊颂

北李南陈播火忙，茫茫长夜唤晨光。
红楼振臂风雷动，黑狱抒怀意气扬。
纬地铁肩担道义，经天妙手著文章。
绞刑架下传真理，青史千秋颂守常。

毛泽东颂

长夜神州降救星，东方破晓太阳升。
翻天覆地人间换，独领风骚炳汗青。

井冈山抒怀

凌空紫气冲霄汉，风卷红旗起大观。
莽莽山冈曾辟径，星星火种已燎原。
凭栏五哨烟云散，放眼九州天地翻。
访圣寻根明壮志，承前启后颂摇篮。

满江红·长征（词林正韵）

盖世传奇，惊天地、神嘘鬼泣。翻战史、古今中外，问谁能及？九死一生成壮举，千山万水留奇迹。挽狂澜、舵手正航船，回天力。 堵截猛，围追急；天堑阻，饥寒逼。有红军亮剑，所经无敌。草地礼宾铺路送，雪峰迎客躬身揖。会三军、西北帅旗飘，升红日。

沁园春，新中国七秩华诞

赤县朝晖，国史开元，帜耀五星。看城乡百业，革除故弊；江山万里，唤醒春荣。夯实根基，固牢梁柱，傲立东方举世惊。雄狮起，聚九州赤子，四海宾朋。 擎旗接力长征。励壮志，艰辛探索行。赞开关解锁，腾龙破雾；航天探海，富国强兵。巨笔宏图，带通路畅，命运连同求共赢。新时代，正复兴圆梦，翼展鹏程。

第二部：余干篇（七首）

江西“枝叶园”即咏

名园彰特色，廉政壮心雄。
枝叶关民意，诗文正党风。

浣溪沙·汤源村里的文化汤圆

文化挖开古井泉，汤源村貌换新颜。花茶枸杞煮汤圆。 农舍书亭增智慧，三清刊物颂田园。自家门口亦来钱。

临江仙·田园鄱阳湖（中华通韵）

万里长江东去浪，调节涵养一湖。平衡生态建功殊。称雄凭淡水，夺目胜明珠。 古韵今风添秀美，诗情画意仙图。稻花香里客心舒。江豚增雅趣，候鸟醉天都。

屈金星

枝叶园赋

东南形胜，有湖鄱阳。滨水有村，小园一方。竹疏叶密，兰馨荷香。取“一枝一叶总关情”之意，嘉名枝叶园。香远益清，挹清播芳。乃为赋曰：

余干古邑，沧桑其史；小村乌泥，风水宝地。枝叶小园，栖居诗意。形如莲花，云蒸紫气。西滨鄱湖，慕滕阁之雅序；北极长江，卷庐山之神思；上干云霄，耀牛斗之灵光；下彻地脉，通根底之乌泥。万杆修竹，枝叶感疾苦忧乐；半亩方塘，荷花鉴天光云翳。寒梅数株，彰古今之精神；陋室三间，铭乾坤之正气。山水田园，诗意栖居。人淡如菊，含英咀华；德馨若兰，怀瑾握瑜。

天宝更兼物华，地灵复孕龙腾。斯地人杰，千秋彪炳。秦汉更迭，吴芮起兵。高祖定鼎，长安雄风。吴氏辅佐，天汉图宏。封王长沙，开赣省之先河；流誉后世，启吴氏之廉风。赵宋之世，状元峥嵘，出任宰辅，清名传颂。宋末元初，吴氏裔孙，贡生吴铭，针砭时弊，心鉴光明。迁居于此，家运日隆。乌金太阳，大地泥光，莲花灿烂，兴旺人丁。

当今之世，俊彦辈出。吴氏后昆，嘉名官正。为学则优，清华笈满；为文则洁，书海笔耕；公仆江南，为政则廉；执掌乌台，为法则公。及至退休，神居小园。德誉天下，养荷植竹以明其意；民贵泰山，陋室守岁以勒其铭。其传承千载者，吴氏一脉之德风也。

嗟夫！天下古今名园众矣！枝叶小园无上林、颐和之富丽堂皇，无拙政、留园之精巧美丽，何以独名于世也？盖其皆为私也，唯枝叶园为民也。枝也，叶也，皆源于根也。叶发于枝，根植于地。乌泥犹地也，犹民也。根系不离地，公仆不离民，实官系社稷，民贵泰山也！枝叶园有此之旨，不亦贵乎？

说明：此文系文赋，非骈赋。文以意为主，兼顾而不拘泥于平仄音韵，此文，舍音韵而从其意。

李春林

吟枝叶园（外一首）

莲亭柳绿春池水，
鸥鹭竞飞彭蠡天。
午夜惊回枝叶梦，
笔潭沉影板桥篇。
苍松乌柏青天举，
啄木雄枭利喙坚。
民贵泰山拔地起，
一碑万古江山妍。

注：彭蠡，鄱阳湖。枝叶梦，板桥篇：典出郑板桥名句“一枝一叶总关情”。笔潭，指笔潭书屋。啄木雄枭，指森林医生啄木鸟。园内立有“民贵泰山”石碑一座。

吟笔潭书屋

行尽人生甘苦路，
近湖远庙遍天涯。
雪泥鸿爪皆为客，
梦落笔潭才是家。

绿 岛

夜登滕王阁（并序）

辛丑初夏月，余抵江西南昌赴“枝叶园”诗会，当晚诗人相聚，共话别绪，乃趁酒酣意兴之时，月明星稀之际，遂与诗家石厉、王久辛、郭晓晔三人驱车夜登滕王阁，一揽王勃千古情怀，并嘱同题记之于一二。

——绿 岛

嗟夫，光阴流逝，乾坤浮沉，人世更迭，江山依旧。巍巍乎滕王一阁，悠悠哉赣江北去。是夜月明而星稀，更兼氤氲乃畅和，流光随潜影浮摇，诗兴伴飞瀑共舞，登斯楼也，无不有吊古怀今之叹，生死无常之痛也。

余观夫， 滕王一阁在于序文千古，而非

滕王是也。滕王遥遥已逝，序文则熠熠生辉。雕栏玉砌，风雨飘摇，滕王阁屡遭涅槃而重生者，何也？皆因子安诗文在上，辉映万古而光焰不息，语惊寰宇皆四海浩荡。“文章千古事，宦海一时荣”之言不谬矣。

观唐初四杰王勃（子安）之诗文，气冲牛斗，才撼古今，大气更磅礴之势，浑然更天成一家，倜傥不羁，傲视天下，奕奕然、浩浩然乃真君子也。

谒洋洋大观之雄文，梦杳杳星际之华章，始觉壁上墨迹未干，犹叹少年文思泉涌，当是时冠盖天下，睥睨群雄；一时间楼阁哑然失色，四呜呼哀哉！奈何天妒英才，权门骄横，呜呼哀哉！苍天何故而不佑，终被官宦佞臣所炉。以至于英雄无路，沧海茫茫。魂归溺水，诗走天荒。故岛有诗云：

晓月微醺步梦尘，
滕王阁上此登临。
涅槃九曲魂应在，
笔走八荒谒斯文。
斗酒酩酊醒天下，
光阴倒转祭诗人。
楼上已无滕王事，
滕王阁里纳乾坤。

彭 敏

辛丑春日余干行（三首）

一

燕溢莺流尧舜天，
百年风雨亦无前。
千枝万叶名园里，
一切戈矛助团圆。

二

啼鸟连声欲破天，
新知旧雨短长筵。
虽云霜雪侵来路，
终是峥嵘又一年。

三

重湖叠巘看无穷，
日在青空曼曼红。
欲与诸君成小别，
可怜折尽旧芳丛。

黎 勇

枝叶园[1]诗人笔会暨江西纪行

到枝叶园

百年华诞老区行，枝叶园中仰性灵。
玉竹亭亭含劲节，青莲碧碧绽柔情。
还怜众愿询边舍，更恤民声达内庭。
正道直行能致远，铜柯铁干挺莹莹。

注释

① 枝叶园系江西余干县廉政教育基地，园内多植竹、楠，方塘种荷，时值碧荷田田。

枝叶园中咏枝叶

翠盖成荫鸟雀鸣，冰寒霜肃亦滋萌。
经年光合源源接，花果矜持汝不声。

鄱阳湖古战场

曾忆彭蠡战鼓铿，草船巨舰火轰明。
汉营[1]虽壮良谋少，明旅[2]原孤战略精。
落败当怀勾践志，权倾应效魏征[3]行。
得民心者得天下，鄱水低吟肺腑声。

注释

① 汉营：陈友谅率领的六十万大军，均为火炮巨舰。
② 明旅：朱元璋率领的明军仅二十万人，皆为草船弓矢，明军先占住鄱阳湖入长江的湖口，对汉军巨舰连营采取火攻，创造了以少胜多的经典战例。
③ 魏征：唐朝杰出政治家、思想家，献计平定刘黑闼和山东地区，安抚河北地区，劝降英国公李勣，规劝唐太宗推行王道，功勋卓著。太宗赏其建新房与新服饰皆惋谢不受，甘愿过清贫生活。

到井冈山

云杉溢翠擎蓝天，玉竹依依四面旋。
火柱凌峰光熠熠，玄歌浸月韵绵绵。
先贤昔藉江山动，后辈今咨社稷沿[1]。
历览存亡天下计，心同志锐自攻坚。

注释

① 此句意指当今井冈山上办有许多干部培训院校。

登庐山

昨羡庐山美，今观满眼云。
松涛传虎啸，雾霭裹龙狺。
花径连香舍，银川挤玉筋[①]。
无缘邀李白，我醉月醺醺。

注释

① 玉筋：瀑布的水流远看像玉带，近观像一丝丝的银色筋脉。

到庐山白居易[①]草堂

潺溪草茂信天游，把酒浇愁胜冠侯。
困虎匡庐镕画笔，鹓雏荡涧紫烟飕。

注释

① 白居易：祖籍太原，后迁居下邽（今陕西渭南县），29岁中进士，官至翰林学士。左拾遗时，因直言敢谏，元和十年（815）被贬为江州（今江西九江市）司马，心情郁闷。游庐山恋其风景，在北香炉峰下修筑草堂以潜身诗笔吟咏，但在九江仅居三年多，元和十三年（818）又被调四川忠州，临行时，他特到庐山向自己的草堂告别，十分留恋地写下了“三间茅舍向山开，一带山泉绕舍回，山色泉声莫惆怅，三年官满却归来”。他的诗语言平易通俗，明白如话，极受推崇，是最负盛名的现实主义诗人。

瞻仰庐山东林大佛

肃穆禅钟涤俗尘，天阶礼佛与云邻。
焚香顿悟端行远，祈愿方知素语谆。
出岫匡庐诗遍地，流芳古寺法齐旻。
高谈阔论何如道，福泽苍生始为神。

夜游庐山美庐[1]

丹岩铸就千秋院，幻影朦胧两巨屏。
物是人非林已静，云开雾散满天星。

注释

① 美庐系英国人20世纪30年代所建，为宋美龄与蒋介石休息之墅，蒋命其名为“美庐”并书刻其丹岩之上；1949年中国人民解放军渡过长江，解放全中国，蒋介石偕夫人前往台湾，将美庐遗弃于山。新中国成立后，毛泽东到庐山曾住进美庐。如今美庐成为一个供游人参观的景点。

参观黄庭坚[1]故里

久慕仙师迹，今朝觅慧根。
黄庭钤灿艺，修水化龙吟。
翰墨盈双井，鸿儒汇一村[2]。
孝仁荫裔脉，富贵飨儿孙。

注释

① 黄庭坚故里在江西修水县双井村，这里群山环抱，修河环绕。黄家在宋代即出有48名进士，其中黄庭坚的祖父共十个兄弟全部同朝为进士，且官至礼部、吏部、刑部尚书等，个个贤达，人人善终；其显赫程度乃绝无仅有。黄庭坚七岁时即作牧童诗“骑牛远远过前村，短笛横吹隔陇闻。多少长安名利客，机关用尽不如君”，他不仅诗词、书法、为官均入化境，也是中国著名的“二十四孝”之一，其家风祖德堪称人伦典范。

② “翰墨盈双井，鸿儒汇一村”引自双井村小学楹联。

陡水湖[①]

亀痴鳄恋露如烟，潋滟瑶池泛酒膻。

我自闻香豪兴起，掀翻陡水一湖耷。

注释

① 陡水湖：位于江西上犹县境内，是新中国成立后苏联专家援建的我国首座水下发电的特大型水库，其内有龟形、鳄形和奇异孤岛五十余座。动植物资源十分丰富。环境优雅、风光旖旎，是国家 4A 级景区。

景德镇古瓷窑

啖土还珠气魄豪，焚身只为咏心涛。
丹田炼就琳琅色，几度花开数尔骚。

滕王阁

（一）

皇家气数沉江底，利剑屠龙隐九天。
欲透尘埃寻俊彦，洗心重念旧时篇。

（二）

静立江沿观浪雨，千年笑傲涨和消。
雕梁画栋楼仍健，骁勇滕王影已凋。
西遏蛮荆眈似虎，东迎吴越媚如娇。
枭雄驲驾乘风逝，江渚虬龙觑昳潮。

铜鼓汤里温泉[①]

青山夹岸水悠悠，我醉桃园梦里游。
栉比汤池萦雾海，琳琅轩榭绕天都。
铜铃巨鼓宁州镇，里纳灵泉隘口收。
开放创新萌胜迹，招商擘划展宏猷。

注释

① 汤里温泉位于铜鼓县大塅镇隘口村。铜鼓，因县城所在地永宁河边有一巨石色如铜形似鼓，水击之闻有鼓声，故名铜鼓。铜鼓亦曾为宁州。汤里温泉系该县重大招商开发项目。

咏湖口

彭蠡纯醥酒，倾此入长沟。
白鹭翩翩舞，乌篷寂寂游。
石钟惊雨霁，江渚醒烟楼。
清浊同流合，鱼龙一望收。

郁孤台[①]

青螺蛰伏作孤台，引得骚人画笔悲。
足濯章江横浊水[②]，胸融宋帔挂新麾。
辛公[③]怅望长安雾，经国[④]宏图赣邑曦。
郁结古今天下事，民生孤旨是君祇。

注释

① 郁孤台：位于江西赣州市宋城章江贡江交汇处，始建于唐代，如今所见容颜已多经修缮。其山如螺伏，寺周翠木郁郁葱葱，旁边有蒋经国官邸和八镜台等名胜古迹。
② 章江横浊水：章江从郁孤台下流汇贡江而合流为赣江。古因章江水清澈而称清江，是日，因五十年一遇的冬汛，章江水位抬高，河水浑浊。
③ 辛公：南宋词人辛弃疾。他任职赣州（古虔州）时在此写下了著名的《菩萨蛮·书江西造口壁》：“郁孤台下清江水，中间多少行人泪？西北望长安，可怜无数山。青山遮不住，毕竟东流去。江晚正愁余，山深闻鹧鸪。”
④ 经国：即蒋经国。

王亚林

枝叶园散咏（六首）

七律 · 枝叶园内勤廉风

枝叶清园正气风，
勤廉从政映苍穹。
退闲朝野研诗画，
一颗红心更鞠躬。
身守京都操国事，
初心不改目标同。
不忘使命中华梦，
磊落光明有列公。

七绝 · 一世清廉

乌泥园中栽清竹，
廉洁温心传正声。
一世清廉为御史，
心牵百姓总关情。

七律 · 喜颂国丰

金牛蹄下行祥风，
万物更新在景中。
花茂迎春增喜味，
强盛中国万家丰。
载歌载舞欢盛世，
花秀缤纷衬长虹。
户户张灯添艳彩，
普天同庆乐其中。

七律 · 赞中国梦

辞旧迎新又喜春，
神州华夏吉祥辰。
齐心协力安邦好，
贫困删除国梦珍。
大计百年今业绩，
富饶强盛为人民。
论坛众赞中华曙，
世界扬名再立身。

七律 · 祖国颂

百年大计出英雄，
瑞气祥云在国中。
华夏宏图重彩展，
千秋伟业党旗红。
强盛祖国多添秀，
美丽山河荡正风，
崛起神州除险阻，
纵横世界气如虹。

七律 · 中国强

万里征程铸曙光，
百年图志国威长。
东方旗帜镰锤劲，
遍插神洲四海扬。
攻克除贫谋发展，
干群协力写辉煌。
小康生活民心乐，
高唱红歌中华强。

吴晓华

枝叶园题竹（四首）

故园枝叶盛，冬夏更晶莹。
日耀飞金凤，风来嗽玉声。
笔潭涵影碧，气韵养心清。
月旦鄱湖岸，依依说汗青。

题康山忠臣庙

英雄为国殇，猛志固高昂。
澄碧三江水[①]，燃红四季风[②]。
长空过胡雁，绛阙耸康郎。
老表来朝拜，弹冠正着装[③]。

注释

① 三江：信江、赣江、抚河，在余干瑞洪西入鄱湖，俗称三江口。

② 四季风：元末，朱元璋与陈友谅大战于鄱阳湖中，留下遗址。

③ 姚公骞先生题忠臣庙联：上复汉衣冠。

为李文朝将军参加江西“枝叶园”诗会，归京寄赠“余干诗词楹联学会”题字记咏

折柳东山意未穷，鲤函朝夕与京通。
三春姿色归新夏，一纸龙蛇腾碧空。
鸣凤声追山谷调，飞花舟挂子安篷。
鄱湖涵日诗潮涌，万里波涛万里风。

咏康山大堤

荒滩谁信可耕田，万古到今终着鞭。
蠡水沧沧浮日月，云龙莽莽锁江天。
不闻风卷吴钩雪，但见洲生禹甸烟。
欲共鹭鸥歌一曲，扶摇直上九霄巅。

蔡美芳

新干越八景·鄱湖梦（二首）

新干越八景

琵琶微雨湖光映，
樱花陌上万鸟鸣。
拂柳清风绣画屏，
双桥飞虹冠仙境。
越溪唱晚弹清音，
烟波涌月照天明。
古韵流芳曜群星，
琵琶帆影千古情。

鄱湖梦

鄱湖清水，守望千年，
光耀干越，祥绕川泽。
忠臣良义，万古流芳，
星驰荏苒，如梦人生。
楚天遥阔，明帝之辉，
渔丰谷盛，万鸟啼鸣。
碧涟潺潺，涣之昱昱，
月华似水，美了人间。

胡迎建

过余干县乌泥镇枝叶园（外十首）

湖畔乌泥小小村，远从五彩脉连根。
方塘湛湛新荷碧，庭院深深旧屋存。
足迹行程铭志向，光风霁月养精魂。
枝枝叶叶多故事，更与何人共溯源。

参观杨埠镇坪上知青展览馆再用前韵

听从指示下农村，异地艰辛为扎根。
滚一身泥人已渺，旷千载事史将存。
青春无悔质疑者，犁耙留痕忆旧魂。
坚信山河能改造，商鞅思想或来源。

枝叶园题竹

石旁一丛竹，春来生意足。
何须赏识人，中有亭亭骨。
小石昂然首，竹丛相伴友。
离披洒荫凉，愿作庭中帚。
飘飘介个纷[①]，凛凛节凌云。
有此知音石，不从俗物群。
一枝如展翅，三两争垂地。
高处不骄横，低层无谄媚。

注释

① 画竹以介字或个字为画竹叶法。

中共一大会场

信念相同立党来，策源从此振风雷。
只疑密探跟踪至，旋即转移易地开。

南湖红船

救国探求主义真，南湖烟雨浪粼粼。
船中相聚明宗旨，要作翻天覆地人。

中共安源路矿支部，毛泽东与工人交谈

携伞行迎雨后霞，来寻路矿细观察。

亲切交谈眼前亮，团结一心莫畏鸦。

安源路矿工人罢工

挖煤艰苦巷中爬，权益应争到局衙。
罢工潮起齐呼吼，好似春雷震海涯。

周恩来与南昌起义

紧蹙浓眉聚国忧，当机立断迅绸缪。
力排非议召诸将，须以武装讨蒋酋。
叮嘱安排休失误，指挥行动各分头。
黎明枪响谁能忘，为党尽忠起义谋。

三湾改编纪事歌

农军疲惫驻三湾，长途奔走怨艰难。
前敌委员会急商，召集列队到坪间。
双睛炯炯毛委员，身着便衣草鞋穿。
申申反复明纪律，种种疑虑皆弃捐。
贺龙两把菜刀起，我们人马满一千。
敌被驱战难追我，让他枪声冷冷添。
满场恭听锁眉开，番号杂乱整改完。
红旗飘展铁流出，麾军奔向井冈山。

于都县城雩水畔红军长征第一渡

铁桶包围旦夕灾，大军集结莫徘徊。
浮桥急造民争送，八万天兵渡水来。

方志敏烈士在狱中

赣东暴动火熊熊，血战山河半壁红。
镣铐拘囚甘蹈义，襟怀磊落奋书忠。
清贫志士无私念，妩媚中华寄素衷。
追媲文山留正气，更添江右崭然雄。

祝红星

满江红·秋收起义怀感

时局维艰，长空暗、孤灯明灭。秋日里，潇湘鄱赣，旌旗猎猎。镰斧谁持开世界，誓教还我河山色。为民谋，舍我更其谁，衷肠热。看是处，好风物，乾坤朗，人和合。算几经风雨，几经霜雪。吃水长怀挖井者，不忘报国初心切。喜年年，三尺自耕耘，千秋业。

满江红·弋横暴动怀方志敏

赤帜西江，桑梓地、英魂埋骨。凝望远，年时往事，眉前历历。一议窖头明大略，万民同反搀枪迫。抗租债，村路遍红旗，苏区立。夺民路，吾长敌。谋民事，衷肠热。要中华换尽，一番新色。笑语欢歌同友爱，日新月异争朝夕。诉君知，今日俱皆成，吾长揖。

邓小华

井冈山会师

旌旗猎猎鼓锣喧，激荡风云手握间。
日出云山多劲草，雨过春岭遍杜鹃。
始闻湘赣惊雷动，难阻罗霄烽火燃。
问道铁流千万里，龙江小路可通天。

贺银燕

御街行·敬瞻苏维埃中央临时政府旧址记

秋高气爽沙洲谒，火炬赤，丰碑屹。精英群像万人瞻，游客纷纷忙摄。泥墙黛瓦，古樟如盖，铜钟犹在，红井清泉沏。　临时政府牌楼上，五角耀，红旗猎。堂中场址旧桌台，文物刀枪钱册。农工局办，将军元帅，中枢领袖，栩栩如生列。

程欣荣

苏区反腐第一枪

惩贪弹吼震遐荒，礼敬当年第一枪。
旗帜高擎民至上，政权始建法明彰。
初心岂可沾铜臭，主义犹应葆节芳。
革命征程蛇蝎扫，车轮滚滚凯歌扬。

王海霞

赞苏区干部作风

苏区干部励清风，自带干粮去办公。
日走乡村宣德政，夜擎火把访贫农。
淳淳谈话知心暖，熠熠马灯照路红。
一扫千年贪戾气，党群关系洽相融。

汪俊辉

辛丑仲春瞻仰上饶集中营烈士陵园

苍樟翠柏玉雕栏，烟雨陵园泪眼观。
一叶奇冤悲故国，百征壮士作南冠。
碑前杜宇犹啼血，江畔新城易走丸。
更听将军囚室外，妪翁击壤少童欢。

郑国兴

七律·笔潭清风（新韵）

盛会躬逢众雅才，潺湲潭碧影徘徊。
一枝一叶清风起，一赋一词赠笔来。
使命在肩兴伟业，初心如磬远尘埃。
廉洁公正身长驻，翰墨诗书寄素怀。